큰 글
한국문학선집

김동인 단편소설선

목숨

일러두기

1. 원전에는 '한자[한글]' 또는 '한글(한자)'의 형태로 혼재되어 있어 그대로 두었다. 다만 제목의 경우, 한자를 삭제하고 한글로 표기하고 이를 각주를 달아 한자를 알아볼 수 있도록 하였다.
2. 원전에서 알아볼 수 없는 글자는 '●'으로 표시하였다.
3. 이해를 돕기 위하여 편집자 주를 달았다.

목 차

대탕지 아주머니

태양은 매일 떴다가는 지고 졌다가는 다시 뜨고 같은 일을 또 하고 한다. 우리의 사는 땅덩어리도 역시 마찬가지로 몇 억만 년 전부터 매일 돌고 구르고 하여서 오늘까지 왔으며 장차 또한 언제까지 같은 일을 또 하고 또 하고 할는지 예측도 할 수 없다.

진실로 놀라운 참을성이며 경탄할 인내다.

이와 같은 땅덩어리에 태어난 인간이거니, 인간사회라 하는 것이 역시 무의미하고 싱거운 일을 또다시 거듭하고 또 거듭하고 하는 것을 과히 조롱할 바가 아닌가 한다. 아무리 옛날 성현이 전철이라는 숙어까지 발명해가지고 사람들이 경계하나, 도대체 사람이라는 것이 생활을 경영하는 땅덩어리가 그리고 보니 사람인들 어찌 전철을 보고 주의하랴.

대관절 남의 일인 듯이 초연한 방관적 태도로 이런 소리를 쓰고 있는 나부터가 역시 지구에 사는 한 개 범인의 예에 벗어나지 못하여, 소위 소설이라고 쓰는 것이 20년 전 것이나 10년 전 것이나 지금 것이나 모두 다 비슷비슷한 소리를 소설에 나오는 인물들의 이름만 다르게 해가지고 좋다고 스스로 코를 버룩거리니 이것은 모두 우리의 숙명이라 어찌할 수가 없는가 보다.

하여간 기위 잡은 붓이니, 비슷비슷한 소리건 어쩌건 쓰려는 이야기를 하나 써보자. 같은 소리밖에 내지 못하는 레코드를 틀어놓고도 매일 그만치 좋다고 덤벼대는 이 세상에서 소설쟁이라고 꼭 매번 색다른 이야기만을 쓰라는 법도 없겠지.

카페의 여급, 술집의 나카이들은 그 이름 끝에 '코'자를 붙이는 것을 원칙으로 한다. 하나코, 유키코, 사다코, 심지어는 메리코, 보비코까지도 있는 세상이다.

그 예에 벗어나지 못하여, 내가 지금 쓰려는 이야기의 주인공은 '다부코'라는 이름을 가졌다.

다부코라는 이름에 관하여 특별한 로맨스라든가 이유라든가 하는 것은 없다. 그가 어렸을 적에(젖 먹을 때 전후)무슨 기쁜 일이든가 좋은 일을 만나면,

"다부다부⋯⋯."

하며 엉덩춤을 추고 하였다는 이야기가 전해오므로 그가 '나카이'로 출세함에 임하여 이 경사스러운 말에 '코' 하나를 더 붙여서 자기의 이름으로 삼은 것이었다.

그가 나카이로 출세를 한 뒤부터 놀랍게도 살이 쪘다. 천성이 지방질로서 근심 걱정에 대한 감각이 둔한 데다가 손님들이 먹다가 남긴 음식일망정 아직껏 먹어보지 못한 기름기 있는 음식이 연일 배에 들어간 탓으로 보기에 더럽도록 살이 쪘다.

살이 너무도 더럽게 쪄서 다부다부하므로 '다부코'라 하나 여기는 손님도 많았다.

다부코를 거꾸로 불러서 부다코라 하는 손님도 있었다. 조선말 밖에는 외마디도 모르는 다부코는 손님

들이 부다코라 부를 때에도 단지 하이칼라로 그렇게 부르는 것이어니 하고 '하아이이'를 길게 뽑고 술병을 들고는 총총 걸음(이라고 하고 싶지만, 뚱깃걸음이다)으로 손님방으로 들어가고 하였다. 얼마 뒤에 그도 종내 '부다'라는 것은 '돼지'라는 뜻이라고 알기는 알았지만 그의 신경은 그런 것을 꺼릴 만치 약하지 않았다. 얼른 생각하기에는 술집의 나카이로 갔으니 얼굴도 하다못해 하지상이야 되겠고 몸이 뚱뚱하니 부잣집 며느리 같은가고 생각할 사람도 있겠지만 그렇게 생각하면 큰 망발이다.

얼굴은 밉고 더럽게 살찐데다가 이마에까지 살이 툭툭 쪄서 '부다'와 신통히도 같은 위에 양미간에는 살진 주름살이 잔뜩 잡혀서 추한 얼굴을 더욱 추하게 하며 눈껍질과 입술은 '왜 저다지도 두꺼운가'고 머리를 기울이지 않는 사람이 없도록 흉없다.

게다가 가슴 허리로 내려오면서는 좌우보다 전후가 더 굵어서 마치 둥그런 통과 비슷하다.

허리까지 굽었다.

이 모로 뜯어보건 저 모로 뜯어보건 과연 사람보다

짐승에 가깝고 짐승 중에도 '부다'에 가까웠다.

　이름이 다부코, 별명이 부다코, 만약 복선생과 돼지가 결혼할 수 있다면 그 가운데서 난 자식이야말로 우리의 다부코와 흡사하게 될 것이다.

　평안남도 순천군에 속한 어떤 농촌 가난한 농가의 5남8녀 합계 13남매 중에 제10째로 태어난 것이 다부코였다. 그의 아래로는 사내만 셋이요 그의 위로는 사내가 둘이요 계집애(어른도 있다)가 일곱이었다. 수모와 미움은 받을 대로 받고 살 대로 사고 자랐다. 물론 숫밥이라고는 먹어본 적도 없거니와 숫밥, 남은 밥이나마 배에 차도록 먹어본 적이 없었다. 윗동생들이 많으니 낡은 옷은 충분하였으리라 생각하기도 쉬우나 첫째의 것이 낡으면 둘째가 입고 그 다음은 셋째로…… 이렇게 내려오는 동안은 어느덧 해져서 아랫동생은 윗동생 여럿의 해진 옷을 모아 만든 합작물이라, 왼 소매는 붉고 오른 소매는 퍼렇고 가슴은 누렇고 등은 검은…… 이런 옷으로 유년 시기와 소녀 시기를 보냈다.

　이러한 소녀 시기를 보낸 뒤에 그는 우연히 나카

이라는 직업여성이 되었다. 그가 나카이가 된 것은 그 자신의 창안도 아니요 그의 부모의 창안도 아니요 또는 유혹에 빠지거나 남에게 속거나 한 것도 아니었다.

그의 동무 가운데 고을에서 나카이 노릇을 하는 사람이 있었다. 집에 있어야 구박만 받고 참견하는 윗사람도 없는 그는 멀지 않은 고을에 자주 드나들고, 고을에 가면 나카이 친구를 찾게 되고, 찾아 가면 거기서 맛있는 음식 부스러기나 얻어먹는 재미에 동무의 권고에 술상 앞에도 나가보고……

이렁저렁 하다가 사내라는 것도 알고 그러다가 어름어름 나카이가 되어 버렸다.

부모도 참견하지 않았다. 그런 딸이 있었는지 어떤지 모르는지도 알 수 없다. 입치기에 골몰한 그들이라 혹은 자기네가 자식을 몇 명이나 낳았는지 모르기도 쉽다. 이리하여 나카이가 된 그, 이름은 위에도 말한 바와 같이 '다부코'라 하였다.

순천은 평양에서 동북쪽. 기차가 평양을 떠나서 순

천까지 와서 북으로 올라가면 강계요 동으로 뻗어가면 양덕으로서 그 갈림길이다. 강계는 지금 만포선 철도 공사에 분망한 한낱 토목공사의 장소이지만, 양덕은 온천 지대로서 양덕군 내만 하여도 대탕지·소탕지·돌탕지 등 세 군데나 온천이 있고, 그중에도 대탕지(大湯地)는 양덕 온천을 대표하는 것으로서 평양 원산 등지는 물론이요 멀리는 호남 방면에서도 오는 사람이 많다.

조선의 온천은 여관의 자탕(自湯)이 쉽지 않고 여관은 밥장사만 하고 손님은 공동탕으로 가는 것이 보통이다. 그런지라 따라서 겨울에는 여관에는 공동탕까지 왕래가(춥기 때문에) 불편하여 조선 습속은 봄과 가을을 온천 절기로 친다.

그러나 양덕은 그렇지 않다. 워낙 고지대이니만치 기후가 서늘해서 피서지로 적당하다. 피서지에 온천이 겸하였으니 더욱 나무랄 데가 없다.

여름은 음란한 시절이다.

첫째로 의복의 무장이 엄중하지 못하여 샐 틈이 많다.

둘째로 녹음이 남의 눈을 가려주어서 숨을 곳이 많다.

셋째로 아무 데서 아무렇게 하고 놀지라도 고뿔 들릴 근심 없다.

양덕은 피서지인 위에 또한 온천이다. 온천이란 곳은 사람들이 예법과 체면을 집어치우고 겨우 가장 비밀한 곳 한 군데만을 감춘 뒤에는 남녀노소가 태연히 거리를 다니는 곳이다.

여름 피서지, 온천장, …… 이 세 가지를 한꺼번에 갖춘 때의 양덕은 장관이라는 한 마디로 끝이 날 것이다.

평양 오입쟁이, 원산 오입쟁이, 장거리 오입쟁이, 본바닥 오입쟁이…… 천하의 오입쟁이는 여름의 단 하루라도 양덕을 가지 못하면 면목이 서지 못한다는 듯이 꼬리를 이어서 양덕으로 모여든다.

숫오입쟁이가 모여들면 또한 암오입쟁이가 모여들지 않을 수가 없다. 숫오입쟁이의 목적하는 바는 계집이요 암오입쟁이가 목적하는 바는 돈이다. 암오입쟁이들은 이 여관 저 여관에 거미줄을 치고 장차 무엇이 와서 걸려주기를 기다리고 있다. 한 해 여름을 잘 벌면 매일 1원 50전의 숙박료며 잡비를 쓰고도 가을에는 돈 100원이나 차고 가는 수단가도 적지 않다. 여름 한산기에 공짜로 피서하고 재미보도 돈 잡고…… 여자 된 자 한 번 해볼 만한 사업이다.

나카이로 나선 지 3년. 다부코로보다도 부다코로 알려지고 몸집 뚱뚱하기로 소문나고 웃을 때에도 우는 표정으로 웃기로 소문나고 얼굴 못생기기로 소문나고 사람 덜나기로 소문나고 노래 못하기로 소문나고 술병을 두 손으로 들기로(외손으로 들었다가는 반드시 내려뜨리므로) 소문나고 앉았다가 일어서려면 굳은 힘 오륙 회 이상 쓰기로 소문난 '다부코'도 이 돈벌이 시원찮은 여름 한철을 피서 겸 돈벌이 겸 놀기 겸 양덕에서 보내기로 하였다.

그가 그사이 모으고 또 모았던 돈 8원 60여 전과 동무 나카이에게서 6원 각수를 취하고 주인어머니에게 또 5원 각수를 꾸어, 합계 20원이라는 대금을 품에 품고 커다른[1] 희망을 갖고 양덕으로 떠났다.

그의 방에도 (약간 얼룩은 있지만) 거울이 있거늘 왜 거울에게라도 의논을 하지 않고 자기 혼자의 뜻으로 떠났는지 이것은 알 수 없는 일이다. 만약 그가 신용할 만한 거울에게 의논만 하였더라면 거울은 그에게 향하여 피서 중지를 충고하였을 것이다.

성격이 비교적 단순한 다부코는 생각도 또한 단순하였다.

순천에서 나카이로 있을 때에 매일 술꾼이 있었고 남자들이 있었던지라 양덕을 가도 또한 그와 마찬가지쯤으로 여겼다.

그러나 양덕에서 급기야 여관(조선 사람의 여관 중에는 가장 큰 집에 들었다)에 들고 보니 모든 것이 예상과 달랐다.

술집에서 남자를 보던 것은 나카이의 처지로 객을 보는 것이다. 그러나 이곳 여관에 들고 보니 남자도 객이려니와 자기도 역시 객이다. 술집에서는 객이 나

---

1) 커다란

카이를 부르고, 설사 부르지 않는다 할지라도 나카이 스스로 객의 앞에 나아가는 것이 흠이 되지 않는다.

그러나 여관에서는 그렇지 못하니 저쪽이 객이면 자기도 객이라 저쪽에서 자기를 호령하여 부르지 못할 것이고 자기 또한 남의 방에 불고염치하고 들어갈 수도 없는 노릇이다.

게다가 또한 그의 예상 외의 일은 이곳 객이 다부코가 예상하였던 바와는 종류가 좀 다른 것이었다.

병인이 가장 많았다. 자기 몸 건사조차 귀찮아하는 병인이 계집에게 곁눈질할 리가 없었다.

병인이 아닌 사람은 대개 제 짝을 제가 데리고 왔다. 쌍쌍이 밀려 다녔다.

그 위에 도대체 이 온천장에는 사내보다도 여인이 더 많았다.

모두가 다부코의 예상과는 달랐다. 하이칼라 청년들이 많이 와서 여인이 지나가면 슬슬 곁눈으로 보며 간간 뒤도 밟으며 말도 걸며…… 이런 것을 예상하였던 다부코에게는 의외였다. 도대체 다부코가 듣기에는 남자들이 많고 낚시질만 잘하면 상당한 수확이 있다더니 그것이 전혀 헛말인가 보다.

다부코는 차차 등이 달았다.

하루에 1원 50전씩이다. 가만있노라면 어느덧 1원 50전씩이 획획 없어져나 간다.

나카이 3년간에 간신히 8원 각수를 모았거늘, 여기서는 하루에 1원 50전씩(점심은 굶고)이 저절로 없어져나가니 3년 벌이가 며칠 동안에 날아간다.

이리저리 변통해가지고 온 돈이 20원인데, 오는 차비 2원 장차 갈 차비 2원을 제하면 16원이다. 점심 굶고 담배 굶고 탕에도 못 들어가고 열흘 밥값이다. 좋은 봉을 첫날로 물지 못하고 '첫날로야 쉬우랴'고 자위하며 이튿날 기다리고 또 그 이튿날을 기다리고 이렇게 기다리기를 벌써 엿새, 밥값으로 9원, 자기의 3년간 번 돈보다도 엿새 동안의 밥값이 더 크게 되었다.

인제 나흘 안으로 봉을 하나 물지 못하면 20원은 비상천이로다. 이런 데 나와서 보니 20원이라는 돈은 우스운 액수지만 자기가 그간 3년간을 번 생각을 하고, 또한 주인어머니와 동무에게 12원 각수라는 돈을 장차 갚을 생각을 하니 꿈에나 어떻게 될지 그 전에는 어쩔 도리가 없다.

밥값이 이제 나흘분밖에 남지 않았으니 그 나흘 동안에 무슨 변통을 대지 않으면 안 될 것이다.

여름 한철에 100원? 꿈에도 생각지 않을 일이다. 기위 밥값과 내왕 차비가 원이나 소모되었으니 13 그것이라도 누구 적선해주지 않나. 순천 땅에 다시 내려서 자기 주머니에 12원이 그대로 있도록…… 그 것이나마 누구 당해주지 않는가.

내왕 차비까지라도 희생하고 하다못해 밥값만이라도 담당해주는 적선가는 없는가.

자고 깨면 이레…… 밥값만 벌써 10원에 꼬리가 달린다.

이레째 되는 날 낮에 다부코는 종내 여관 주인마누라의 방을 찾아갔다.

"피서 오는 손님이 금년에는 얼마 안 됩니다그려."

다부코가 주인마누라에게 한 말의 안목은 이것이었다.

눈치 빠른 주막쟁이 는 다부코가 입 밖에 내지 않는

말을 다 알아들었다.

"왜요? 상게 방학 때가 안 됐기에 이렇게 방학 때만 되면 많이 와요. 데 아래 ○○여관(가장 더러운 여관) 꺼정두 만원이 되구 하는데……."

"방학은 언제나요?"

"아, 양력 스무하룻날, 이제 니레 남았쉐다."

방학을 기다려서 오는 손님이란 것은 가족 동반이거나 그렇지 않으면 학생이다. 여관 주인에게는 달가운 손님일지나 다부코에게는 쓸데없는 손님이다. 그러나 단순한 다부코는 방학 뒤 손님의 종류여하를 고려하지 않고 '방학 뒤'에 요행심을 두었다.

그러나 방학은 아직 이레요, 다부코의 주머니에는 인제 사흘 밥값 외에는 남지 않았다. 방학을 기다리랴 혹은 몇 원이라도 남아있는 동안에 고향으로 달아나랴. 그렇지 않으면 돈 다할 때까지 버티고 기다리랴.

오늘도 달아날까고[2] 생각하면 한편으로는 오늘 밤으로라도 어떤 봉이 하나 걸려들 것같이 생각되어 그냥 갈 수가 없었다. 그러나 또 한편으로 돈 다 하는 날까지 기다리려 하면 그날까지 실컷 기다리다가 동전 한 푼 맛보지 못하고 **뼈**를 갈아낸 듯한 20원을 홀짝 다 쓰고 빈손으로 고향에 들어서기가 원통하였다.

아아, 어찌할까? 망설이며 주저하는 동안 하루가 가고 또 하루 가고 또 하루 가니, 인제 밥값을 셈 치르면 겨우 고향까지 돌아갈 기차삯만이 남게 되었다.

장마가 졌다.

어제도 비가 왔다. 오늘도 온다.

그 못생긴 얼굴을 잔뜩 찌푸리고 하늘을 쳐다보고 있는 다부코.

주인에게 오늘 셈을 치렀다. 치르고 나니까 2원 13전…… 기차삯, 노리아이 삯, 그리고 약간 남는다.

셈을 치를 적에 주인은 다부코에게,

"왜? 방학 때까지나 기다려보지요."

탁 터놓고 하는 말이었다. 다부코도 탁 텄다.

---

2) 달아날까 하고

"밥값이 인젠 없어요."

"밥값이야 있으믄서 벌디."

여기 대하여 다부코는 씩 웃을 뿐이었다. 그러나 마음으로는 꽤 유혹되지 않는 바가 아니었다.

비가 그냥 온다. 노리아이는 11시 조금 지나서 여기까지 와서 손님을 내리고 새 손님을 태우고는 곧 다시 떠난다.

장맛비는 그냥 온다. 11시…….

"에라, 비 와서 못 떠나겠다. 오후 노리아이로 가자."

오후 4시 반에 또 노리아이가 있다. 그것으로 가겠다는 생각이다. 핑계는 비에 있다. 그러나 다부코의 진정 내심을 진맥하자면 비 온다고 못 떠날 바가 아니다. 11시에서 4시 반까지 약 다섯 시간 동안, 그사이에라도 행여 좋은 봉이 하나 안 걸려주나. 20원을 갖고 100원을 만들어가지고 돌아가려고 왔다가 100원커녕 미끼까지 잘리고 빈손으로 돌아가기가 면목도 없을뿐더러 절통하였다.

다섯 시간 내외에라도 봉이 걸리지 말라는 법은 없을 것이다. 아아, 비를 싫다고 노리아이까지 안 탄 다부코가 장맛비를 맞으면서 이 여관 앞 저 여관 앞으로 배회하였다. 그 얼굴은커녕 몸집, 팔, 다리, 어느 곳 한 군데 미라는 것이 혜택을 받지 못할 꼴이로되 '여인'이라는 명색 하나를 무기 삼아가지고 행여 100원은 그만두고 이미 없어진 20원의 벌충이나마 할 봉 없는가 하여……. 그러나 무정한 남자들은 다부코의 이 쓰라린 심정을 몰라보고 웬 댄서 비슷한 계집의 뒤꽁무늬만 따르느라고 야단이었다.

4시 반 노리아이.

인제는 하릴없이 다부코는 짐을 들고 나왔다.

장맛비는 그냥 줄줄 내린다. 자동차 정류소 앞 어떤 여관 추녀 아래 짐을 부둥켜안고[3] 선 다부코는 얼빠진 사람같이 노리아이를 바라보고 있었다.

비를 적게 맞으려고 덤비며 자동차에 오르는 손님들. 노리아이는 거진[4] 만원이 되었다.

'만원이 됩시사. 됩시사.'

만원이 되어 가는 데도 불구하고 다부코는 못생긴

---

3) 부둥켜안고
4) 거의

얼굴을 잔뜩 찌푸리고 노리아이를 보기만 하면서 탈 생각도 않았다.

드디어 노리아이는 만원이 되었다. 만원이 되면서 뿌-소리 한 마디를 남기고 달아나버렸다.

다부코는 가슴이 철렁하였다.

'인제부터는 빚이로구나.'

매일 1원 50전씩 늘어나갈 빚이었다. 언제까지 계속될지 모르는(매일 늘어나갈) 빚에 대하여 커다란 공포심과 자포적 기분을 내던지며 다부코는 어슬렁어슬렁 다시 여관으로 돌아왔다.

다부코의 비통한 생활은 이날부터 시작되었다.

돈은 비록 떨어졌으나 그래도 여관에서 사먹는 밥이지 동냥밥은 아니어늘 여관에서 벌써 푸대접이 시작되었다. 다른 손님들이 다 먹고 난 뒤에 남은 음식을 모은 것이 다부코의 상이었다. 다부코가 있던 방은 다른 손님이 쓰겠단다고 다부코는 뒷간 곁방으로 옮기지 않을 수가 없었다.

그러나 마음이 오직 용한 다부코는 어떤 일을 겪든

간에 그 못생긴 얼굴에 못난 웃음을 한 번씩 웃고는 그냥 맹종하는 것뿐이었다.

세월이 흐른다 하는 것은 각 사람에게 각각 다른 결과를 주는 것으로서 다부코에게는 세월이 흐르는 것은 매일 1원 50전의 빚을 늘여가는 것일 따름이었다. 더욱이 이곳의 여관업자는 모두가 그 당자 혹은 아버지의 대에는 화전민이라는 특수한 생활을 하던 사람들이니만치 아침밥이 놀랍게 이르고 저녁밥이 놀랍게 늦었다. 조반과 저녁과의 중간 열네 시간이라는 적지 않은 시간을 주림[5]을 면하기 위해서는 손님들은 금전이라는 무기를 이용하여 이 먹을 것 없는 동리에서 별별 수단을 다 강구하지 않으면 안 된다. 그러나 다부코는 주머니가 벌써 빈 몸이라, 점심은 먹을 염도 못내고, 그의 다식성인 위를 움켜쥐고 길고 긴 낮을 하늘이나 쳐다보며 지낼밖에는 도리가 없었다.

---

5) 줄임

이러는 동안에 각 여관의 주인들이 무척이도 기다리던 여름방학이 이르렀다. 여름방학이 이르면 어떻게 좋은지는 잘 모르지만 여관 주인들이 하도 기다리므로 혹은 부잣집 철없는 도령들이라도 많이 오는가고 다부코도 적지 않게 기다렸다.

7월21일.

하늘의 심술이 곱지 못하여 전부터 계속되던 장맛비가 이날도 새벽부터 쏟아졌다. 여관 주인들의 얼굴은 음침해졌다. 그러면서도 11시 반 노리아이 때는 사환애들을 모두 자동차 정류소로 내보냈다. 다부코도 슬며시 뒷길로 나와서 집 모퉁이에 서서 자동차의 도착을 기다렸다.

그러나 노리아이는 고을에서 모깡6)하러 오는 손님을 두세 명 싣고 온 뿐이었다. 오후부터는 날이 개었지만, 오후 4시 반 노리아이도 빈 차로 다녀간 뿐이었다.

장마는 여관 주인들에게 실망의 예고를 주며 스무

---

6) 모깡: 목욕의 의미

하룻날로 걷어치우고 스무이튿날부터는 맥빠진 해가 장마에 젖은 세상을 말려보려 비추기 시작하였다.

　그러나 시국의 커다란 그림자는 이런 산촌이라고 그저 넘기지 않았다. 작년까지의 경험으로는 청춘 남녀들이 우글우글 끓어들어서 한동안씩 질탕히 놀고 돌아가고 하였으므로 여관 주인들은 금년도 그러려니 하고 기다렸는데, 일지사변 이라는 거대한 영향과 거기 뒤따르는 보도연맹의 번득이는 눈은 이런 곳까지도 넘기지 않아서 스무이튿날부터 몇 명 왔다는 학생(전문학교)은 그사이 1년간의 공부 때문에 건강을 상하여 할 수 없어서 온 몇 명뿐이었다.

　그 밖에는 어린 자식들의 건강을 회복하기 위하여 가족 전부가 밀려와서 여관의 방을 두셋씩 차지하고는 밥은 겨우 두 상이나 세 상밖에는 안 사는 여관 주인에게도 질색이거니와 다부코 같은 사람에게는 더욱이 쓸데없는 손님뿐이었다. 그 밖에도 돈냥이나 있는 집 딸이 자기 어머니와 함께 온 것도 한둘 있으나 다부코에게 쓰임직한 손님은 하나도 보이지 않았다. 중학생들은 봉사노동에 얽매여 몸을 떼지도 못하였다.

　인제는 어쩌나.

　기다리고 기다리던 여름방학은 여관 주인들에게는 실망을 주었거니와 다부코에게는 절망을 주었다.

　그날 밥값의 셈을 치른 날 짐까지 꾸려가지고 자동차 정류소까지 나갔거늘 무슨 미련으로 다시 여관으로 돌아왔던가. 그날 떠나버렸더면 손해는 20원에 지나지 못하지만, 지금은 어쩔 수 없이 빚에 얽혀 몸을 움직일 수가 없게 되었다.

　다부코와 비슷한 목적을 가지고 온 듯한 여인들이 이 여관 저 여관에 거미줄을 늘이고들 있다. 그들은 혹은 다부코 자신보다 흥정이 있는지. 다부코는 거기에 대해서도 무척 관심을 갖고 관찰해보았다. 불경기의 바람은 이런 사회 전체에 미친 모양으로 깊은 밤 이른 새벽 어느 때나 홀로이 자고 홀로 이 일어나는 여인의 떼뿐이었다. 그러나 그들의 다부코와 같이 '밥값 없기 때문에 수모를 받지 않고' 그냥 태연자약히 지내는 것은? 밥값을 그렇듯 충분히 준비해 가지고 왔음인가 혹은 빈 주머니를 감추고 시치미를 떼고 있음인가. 하여간 다부코는 자기의 입으로 밥값 떨어진 것을 주인에게 알렸으므로, 주인에게는 (맞돈은 아니지만 거지 먹이는 밥도 아니건만) 다부코에게 마치 식객과 같이 수모를 퍼부었다.

"다부코 상, 심심한데 아이나 업고 개천가에나 나가보지."

주인마누라는 조금만 바쁘면 마치 다부코를 아이보개 인 듯이 애를 업혀 내보내고 하였다.

"다부코 상, 5호실 손님들이 맥주를 잡숫는데 좀 들어가 따라드리구려."

주인은 마치 자기 집 여급인 듯이 부려먹었다. 이런 때마다 다부코는 내가 공밥을 먹는가고 내심화도 내보았지만, 겉으로는 두꺼운 얼굴 가죽에 미소를 띠고 시키는 대로 하지 않을 수가 없을 만치 발목 잡힌 몸이었다.

물론 다부코가 이 온천 지대에 와서 봉을 기다리는 짧지 않은 동안에 순전한 과부로 지낸 바도 아니었다. 몇 명의 사내를 관계하였다. 그러나 다부코의 얼굴이 워낙 그 꼴인 위에 그의 환경이 지금은 한 개 유명한 이야기로 이 온천 지대에 퍼진 만치 다부코를 찾는 손님들은 공짜라는 선입관과 더러운 호기심으로 찾는 것이라 충분한 인사는 염도 안 두는 바요 잘해야 일이 원, 못하면 먹던 담뱃갑이나 남겨두고 뺑소니치고 하였다. 이런 박약한 벌이로 어떻게 1원 지폐장이라도 손에 들어오면 다부코는 자기도 돈이 있다는 것을 남에게 알리기 위하여 가게로 나가서 캐러멜을 사먹고 사이다를 사먹고, 담배를 사고, 탕에 들어가고 하여 당일로 다 써버리고 하였다.

그것은 순전한 자포자기의 생활이었다. 간간 걸어서 자기 고향 순천까지 도망질을 할까고도 생각해보았지만 그의 육둔 하고 거대한 몸집은 이 무더운 여름날 단 10리를 갈 자신이 없었다. 나날이 1원 60전씩의 빚은 저절로 늘어가고 갚을 도리나 가망은 전혀 없고 동서남북 사면이 막힌 가운데서 주인집 아이나 업고 뜰 혹은 마루로 배회하며 못생긴 얼굴을 잔뜩 찌푸리고 간간 다른 객식들을 엿보는 그의 꼴을 과연 가련하였다.

　진퇴유곡의 경에 빠진 그는 그의 총명하지 못한 머리가 안출할 수 있는 온갖 전술을 다 써보았다. 일변 가고 일변 오는 많은 손님 중에 옷이나 깨끗이 입은 손님이 여관에 들게 되면 다부코는 염치주머니를 꽉 봉해버리고 그 방 앞마루에 가 앉아서 그 청아(?)한 음성으로 유행가도 불러보고 혹은 방안을 돌아보며 말도 건네보았다. 그러나 워낙 생김생김이 하도 못생긴 위에 더욱이 다부코의 목적을 방해하는 것은 다부코가 너무도 유명하기 때문이었다. 생김생김은 비록 못생겼으나 객지의 심심소일로 호기심을 일으켰던 손님도 일단 탕에 들어가기만 하면 탕 안에서 너무도 유명한 화제의 주인인 다부코의 소문을 들으면, 자기까지 이야깃거리가 될까 봐 겁이 나서 손을 떼고 하는 것이었다.

　'대탕지 아주머니.'

　인제는 다부코도 아니요 부다코도 아니요, 여기서 새로 얻은 이름이 이것이었다. 사실에 있어서 이 대탕지에서 본지방인 이외의 손님으로서는 다부코가 가장 원로였다. 다부코보다 먼저 왔던 손님은 물론 다 가고 뒤에 왔던 손님도 다 가고, 다부코가 가장 오랜 손님이었다. 말하자면 대탕지 아주머니였다.

이 대탕지 아주머니인 다부코가 얼굴(가뜩이나 두꺼운)에 소가죽을 뒤집어쓰고 남성군에게 돌진 또 돌진을 개시한 이래 이 전술에 걸려든 남성이 두 사람이 있었다. 이 두 남성과의 문제의 덕으로 다부코의 이름은 더욱 높아져서 인제는 대탕지뿐 아니라 양덕 신읍에까지 알려져, 대탕지를 찾아보는 손님은 먼저 양덕 정거장에서 대탕지로 오는 노리아이에서 운전수에게 그의 성화를 들으리만치 되었다.

하나는 이 대탕지에서 '넙적이'라는 별명으로 알려져 있는 어떤 광업자와의 관계였다.

어떤 날 넙적이가 다른 두어 동무와 화투를 하고 있을 때에, 봉(봉이 안 걸리면 하다못해 담뱃값이라도 벌 닭이나마)을 물색하던 다부코는, 이 화투판 등 뒤로 돌아가서 구경을 하고 있었다.

"아주머니두 합시다그려."

"글쎄요."

이것이 인연이었다. 주머니에 동전 한 닢도 없는 다부코로되 시치미를 떼고 돈내기 화투를 시작하였다.

결국에 있어서 다부코는 18전을 땄다. 다른 사람은 본전이요, 넙적이가 18전을 잃었다. 다부코는 넙적이의 돈 18전을 딴 셈이었다.

"아주머니, 그래 내 돈이 곱게 삭을 것 같소?"

"글쎄요."

"18전…… 십○돈이야. 그 돈은 그저 못 먹어."

"몰라요."

이리하여 인연은 맺어졌다. 광업가이니 돈 잘 쓰렷다, 얼굴이 넙적하니 마음도 너그러울 것이렷다, 이만한 기내를 가지고 넙적이를 맞았지만, 다부코가 넙적이에게서 얻은 소득이라고는 그 음(音)이 설명하는 바 단 18전(화투에 딴)뿐이었다.

다부코로 보자면 넙적이의 마음은 당초에 알 수가 없었다. 넙적이는 숨김없이 제 동무들에게도,

"난 저 아주머니하구 결혼했다네."

하며 다부코에게는,

"마누라, 여보 마누라."

이라 불렀다. 그러나 밤에 찾아오라는 군호 는 그 뒤에는 좀체 없었다. 웬일인지 다부코는 넙적이에게 마음까지도 약간 끌린 듯하였다. 마누라라 불러주는 것이 은근히 기뻤다. 그 반대로 넙적이는 낮에는 다부코를 마누라라 부르고 술을 먹을 때는 따르라 명하고 하였지만 밤에는 다시 다부코를 찾지 않았다. 아마 다부코의 기름때로 미끄러운 몸에 진저리가 난 모양이었다.

그러나 마음으로든 또는 다른 요행심으로든 그렇듯 무관심할 수 가 없는 다부코는 기다려보아 만나지 못하고 이번은 자기 편에서 찾아가보았다.

두 번 세 번, 밤 깊어서 이층 넙적이의 방을 찾아가보았으나 그 매번을, 잠에 취한 체하고 다부코를 쫓아버리고 하였다. 이런 일을 두세 번 겪은 뒤에 한 번은 다부코는 염치를 불구하고 네마키 까지 벗어버리고 넓적이의 자리(잠자는 체하는) 속에 들어갔다. 동시에 다부코는 부르짖는 사내의 함성과 동시에 넓적다리에 무서운 아픔을 느끼며 자리에서 뛰쳐나왔다.

"이 동리에는 남의 자리에 들어오는 예편네들이 많다더니 옳은 말이로군. 이 집게는 그런 예편네를 집는 집게라나."

사내의 억센 손으로 넓적다리를 힘껏 꼬집힌 다부코는 비명을 내며 네마키도 집을 겨를이 없이, 문밖으로 뛰쳐나와 층층대를 굴러 떨어지며 아래로 도망해왔다.

이 사건의 덕택으로 다부코는 일층 더 유명해지고, 넙적이는 '집게장사'라는 별명을 하나 더 얻게 되었다. 다부코가 음침한 얼굴로 나다니면 여기저기서 집게 집게 하며 수근거리는[7] 소리가 들렸다.

이 집게 사건이 있은 이틀 만에 제2사건의 실마리가 열리기 시작하였다.

그날 오후 4시 반 노리아이로 얼굴이 곱살히 생긴 양복쟁이 청년 하나가 이 여관 다부코의 곁방에 들었다.

시골 술집 나카이 다부코는 그 양복이 고급품인지

---

7) 수근거리는

저급품인지 소지품이 어떤 것인지 전혀 구별할 줄을 몰랐다. 단지 양복쟁이인 위에 얼굴이 곱살하니 돈냥이나 있는 집 젊은이거니 하였다. 그의 유혹 전술은 즉시로 이 청년에게 향해졌다. 그의 숙련되지 못한 전술로도 비교적 손쉽게 청년은 함락이 되었다. 그날 밤 다부코의 방에는 사람 둘이 자고, 청년의 방에는 빈 이부자리가 쓸쓸히 밤을 지냈다.

이튿날은 이 새로운 원앙은 득의양양히 탕에 들어가고, 간스메 장사에게 간스메를 사먹고 개천가를 거닐고 하였다. 사람들이 바라보는 경이의 눈……. 이전 같으면 다부코는 스스로 쑥스러웠을 것이지만, 하도 벼르던 일이라 쑥스러운 줄도 모르고 자랑하는 얼굴로 부러 광고하러 돌아다녔다.

또 그날 밤 한방에서 지냈다. 그 밝는 새벽이었다. 두선두선 뜰에서 무엇을 힐난하는 듯한 소리에 다부코가 곤한 잠에서 깨매, 사내는 어느덧 일어나서 황황히 옷을 입는 중이었다. 동시에 문이 벼락같이 열리더니 웬 아이 업은 여인 하나가 쑥 들어섰다.

"여보, 이게 뭐요."

고을 본마누라가 달려온 것이었다. 와지끈 툭탁 한
바탕의 부부싸움은 물론 일어났다. 그리고 고래로 부
부 싸움은 칼로 물베기라 하거니와, 이 부부도 한바
탕 싸우고 나서는 화의가 성립되었다.

"온 김에 조반이나 먹구 탕에나 들어갔다가 갑시다
그려."

남편의 이 제의에 대하여 아내도 승낙을 하였다.

"얘."

조반상을 받음에 임하여 큰어머니(?)가 다부코를
부르는 말씨였다.

"조반 먹을 동안 이 아이나 업구 개천에 나가서 기
저귀나 **빨아** 오너라."

또 아이보개기…… 내심 역하고 분도 났지만 마음
이 오직 착한, 착하다기보다 덜난 다부코는, 눈살을
찡그려 미소하고 아이를 받아 업고, 기저귀를 받아들
고 들썩들썩하며 개천으로 향하여 내려갔다.

"그건 또 웬 아이요?"

다부코가 묵고 있는 여관 주인은 이곳 본토박이로
일가친척이 적지 않았다. 그 집들이 모두 아이 볼 일

이 있으면 다부코를 꾸어다가 보도록 하였다. 그래서 다부코의 등에 올라본 아이는 꽤 많았다. 그런데 웬 또 낯선 아이를 업고 나오므로 동리 여인들이 농 삼아 묻는 말이었다. 거기에 대하여 다부코는,

"우리 일갓집 아이야요."

기저귀를 두르며 내려갔다.

곱살한 양복쟁이는 자기 본마누라에게 끌려가면서도, 다부코에게 몰래 일간 또 오마는 약속을 잊지 않았다. 그의 본마누라의 의복이 허술하고 어린애의 옷이며 기저귀가 더럽던 점을 모두 잊고 '곱살한 양복쟁이니 돈냥이나 있으려니' 하는 선입견에 지배되는 다부코는 일간 또 오마는 약속을 가만히 기다리고 있었다. 인제는 벌써 밀린 밥값이 오륙십 원…… 웬만한 잔돈으로는 생각도 못 낼 큰 빚을 등에 지고 있는 다부코였다.

일지사변의 예비적 부분인 방공연습은 이 산촌에도 실시되었다. 4일간의 등화관제.

이 등화관제를 감독하고 감시하기 위하여 고을에

서 순사 한 명과 소방수 세 명이 대탕지에 왔다. 저녁 8시쯤 경계관제가 시작되어 30분쯤 뒤에 공습관제, 11시쯤 해제, 그리고는 순사며 소방수는 11시반 노리아이로 고을로 돌아가는 것이었다.

그 첫날 캄캄한 세상이 11시쯤까지 계속되고 관제는 해제되었다. 다시 광명한 세상이 나타났다.

그 캄캄할 동안,

"좀 쉬어서 갈까."

하면서 다부코의 방으로 들어온 사람이 있었다. 소방수였다. 소방수인 동시에 일전 다녀간 곱살한 양복쟁이였다. 돈냥이나 있을 곱살한 양복쟁이라고 내심 적지 않게 기다리던 사람의 정체는, 박봉 생활자의 한 사람인 소방수였다.

그의 품에 안겨서 눕기는 누웠지만, 다부코는 이 곱살한 양복쟁이가 왁살스러운 소방수로 홀변한 현실에 대하여 마음으로 한없이 한없이 울었다.

"소방수 부인."

이더구나 다부코가 어떤 날 성냥을 잘못 그어 통째 불을 일으키고 올라 뛰며내려 뛰어 그 불을 끌 때에 뭇 사내들은 이 새 별명을 부르며 웃어주었다.

이런 괴변들을 겪고 난 뒤에는 다부코는 다시는 남성에게로의 돌진을 중지하고, 매일 개천가에 쭈그리고 앉아서 두꺼운 얼굴 가죽을 잔뜩 찡그리고 흐르는 물만 굽어보고 있다. 혹은 그 물이 흐르고 흘러서 자기의 고향 순천의 앞도 지나갈 것을 부러워서 굽어보고 있음인지.

상한 건강을 쉬기 위하여 대탕지에서 달포를 지낸 뒤에 나(작자)는 그곳을 떠날 때에, 이 대형 노리아이가 사람을 만재하고 우렁찬 소리를 내며 바야흐로 떠나려 할 때 저편 여관 모퉁이에 그의 두꺼운 얼굴을 찡그리고 부러운 듯이 노리아이를 바라보고 있는 다부코를 보았다.

그 뒤에 그가 어찌되었는지는 알 바 없지만, 엔간한 자선가가 나타나서 그의 밥값을 갚든지, 그렇지 않으면 여관에서 밥값을 탕감해주고 차비까지 주어서 돌려보내든지 하지 않는 이상은 다부코가 아무리 '여인'이라는 보배로운 무기를 가졌다 하나 거기 어울리는 체격과 얼굴을 못 가진 이상은 지금껏 매일 1원

60전씩의 빚을 늘여가면서 동리 아이보개 노릇이나
하며 개천가에 쭈그리고 앉아서 흐르는 물이나 굽어
보고 있을 것이다.

동란8)의 거리

"즉각 입내하옵시라는 전교가 곕시오."

대궐에서의 이러한 급명을 받잡고, 황황히 의대를 갖추는 국태공 홍선대원군 이하응(國太公 興宣大院君 李昰應).

때는 고종(高宗) 십삼년 임오 유월 초아흐렛날. 봄 내 여름내 비 한 방울 오지 않아서 온 천하가 타는 듯이 말라붙었던 것이 (오늘 아침까지도 비올 모양도 보이지 않던 날씨가) 갑자기 흐리기 시작하여, 하늘 은 먹을 갈아 놓은 듯하고, 주먹 같은 비가 우더덕 우더덕 오기 시작하였다.

---

8) 動亂

바야흐로 악수로 내려부으려고 비를 맞으면서 행차는 뜰 안에 착착 정비되었다. 이 행차를 굽어보며, 오래간만에 몸에 걸치는, 대원군의 정장(正裝)을 갖추는 동안, 태공은 감회 무량하였다. 현복, 사모, 옥대, 기린흉배―그 새 사년간을 의장에 넣어둔 채 한 번도 입어 볼 기회가 없던 이 의대―다시는 입을 기회가 없으리라고 믿었던 이 정장. 왕의 급명으로서 다시 입궐할 기회를 얻어서 몸에 걸치는 동안, (이미 사소한 감동에는 움직이지 않을 만치 늙은) 그의 마음도 공연히 설렁거렸다.

　"자. 어서 가자."
　이윽고 준비는 끝났다. 남여에 몸을 커다랗게 올려 놓으며 행차를 재촉할 때에, 늠름한 구종 별배들에게 호위된 태공의 행차는, 벽제 소리 우렁차게 교동 운현궁을 나섰다.

　임오군란(壬午軍亂)―.
　임오 유월 초아흐렛날 폭발된, 군인들의 변란, 그것은

처음에는 단순한 한 개의 군란(軍亂)에 지나지 않았다.

당시의 사정으로 보자면, 아직껏 십여 년간을 조선의 위에 커다랗게 날개를 폈던 태공이 없어지고, 왕의 친정(親政)이 시작된 지도 이미 팔 년.

명색은 비록 왕의 친정이라 하나, 사실에 있어서는 왕의 친정이 아니었다.

왕비 민씨 및 왕비의 친척 일당의 정치였다. 이렇게 민씨 일당의 정치가 시작 된 지 팔개 년간, 무섭게 뻗친 민씨 일당의 농락은, 용서 없이 이 국민을 착취하였다.

조선팔도 삼백주에서 들어오는 온갖 세납들은, 모두 국고로 들어가는 것은 없이 민씨 일당의 사고(私庫)로 들어가고, 민씨 일당의 사고로 들어가기 전에 일부분은 먼저 지방 장관들의 사복으로 들어가고— 이리하여 국고는 언제든 텅 비어 있었다.

이런 위에 대궐에서는 또 용이 많았다. 본시 미신(迷信)이 많은데다가 또한 유흥을 즐겨하는 왕비는, 국고가 비었고 어떻고를 고려치 않고, 불공이며 굿이며 연희로써 세월을 보냈다. 처음부터, 이리 뜯기우고 저리 뜯기워서 국고로 들어오는 것이 적은 위에 대궐의 용이 또한 이렇게 크고 보니 당해낼 수가 없었다. 이리 뜯기고 저리 뜯기고 약간 남은 것이 겨우 국고로 들어오는데, 대궐의 용이 또한 이렇게 많고 보니, 대궐의 용까지는 겨우 어떻게 당한다 할지라도 그 밖엣 것은 돌볼 수가 없었다.

백관의 녹봉도 벌써부터 못 주었다. 삼군에게 내어주는 소위 삼봉족도 수년째 못 주었다.

녹봉을 못 받는 관리—.

녹봉을 못 받는 군졸—.

그럼에도 불구하고 대궐의 놀이는 더욱 대규모로 더욱 호화로워 갔다. 그 해—임오년—정월에, 왕비는 죽동궁 민영익의 스승으로 있는 고덕로(高德魯)를 시켜서, 금강산 일만이천봉에 봉우리마다 돈 열 냥 쌀 한 섬 무명 한 필씩을 바치고 산천기도를 드렸다.

—국가의 대평.

—상감의 만수무강.

—왕비와 세자의 장수.

이런 조목으로 산천기도를 드렸다 하나, 그 실은

이것도 왕비의 유흥본능 발로의 일단인 뿐이었다.

이리하여 민심은 차차 동요되었다.

녹봉을 못 받는 관리.

녹봉을 못 받는 군졸.

그 반면에 호화로운 놀이에 긴 밤을 짧게 보내는 세도가들.

이만만 하여도 군심이 자못 동요될 것이어늘, 군졸들에게 더욱 불쾌한 제도가 있었다.

왜별기(倭別技)의 설치였다.

즉, 신식군대가 필요하다 하여, 일본에서 육군 중위 굴본예조(堀本禮造)를 초빙하여다가 하도감(下都監)에 새 영을 이루고, 명문자제 백팔 명을 모아서 초록 군복을 입히고 신식 군사훈련을 시작하였다.

이것은 두 가지 의미로서 본시의 군졸들에게 불쾌하였다.

첫째는 그 왜별기에 대하여는 녹봉을 꼬박꼬박 내어주었다. 몇 해째 녹봉을 못 타던 재래 군졸들에게는 이것이 매우 불쾌하였다.

둘째로는 아직껏 다섯 영문—훈련(訓練) 금위(禁衛) 어영(御營) 호위(護衛) 총융(憁戎)—이 있던 것이, 그동안 두 영문 무위(武衛)와 장어(壯禦)를 설치하고, 다른 영문을 다 폐지한 것이었다. 이러다가는 지금의 군졸들도 가까운 장래에 모두다 실직을 하고 왜별기만 남을 것이다. 생활의 협위—이것이 그들을 가슴 서늘케 하였다.

이러한 일로 극도로 가슴이 긴장되었던 군졸들에게, 드디어 폭발될 만한 화승이 다려졌다.

임오 유월 초여드렛날.

각 영문에서는 군졸들에게 전령이 내렸다.

"내일 낮전에 그 새 밀린 녹봉 중에서 한 달 치를 내어줄 터이니 선혜청(宣惠廳)으로 오라."

기꺼운 소식이었다.

이튿날 밝기 전부터 선혜청에는 군졸들이 꾸역꾸역 모여들기 시작하였다.

얼마 전까지 선혜당상이던 김보현(金輔鉉)이 갈리고, 민겸호(閔謙鎬)가 지금의 선혜당상이며 민겸호의 집 청지기가 고지기로 있는 때였다.

"?"

썩은 쌀이었다. 그 위에 모래가 절반이었다.

수년을 밀리고 밀린 녹봉. 그 위에 그거나마 나머지 절반은 썩은 쌀.

"제기, 이게 뭐야. 이게."

"이게 사람 먹으라는 겐가?"

"실컷 있다가 준다는 게 이게야."

한 마디 두 마디 오가는 불평.

"뭐야 뭐야."

"저희놈들은 이런 걸 먹고 사나?"

불평에서 전환된 반항.

이리하여 불길은 일어났다.

고지기는 민겸호의 사인. 군졸 따위는 사람으로 보지도 않는 인물이었다.

"받기 싫은 놈들은 다 그만두어라."

불평한 군졸들에게 한 마디의 호령을 하였다.

격노한 군졸들에게 이 고지기는 첫 희생이 되었다.

선혜당상 민겸호.

민족(閔族)의 거두요, 왕비의 총신 민겸호.

무지한 군졸들에게 자기의 청지기가 참살을 당하였다는 급보를 받은 민겸호는, 격노하였다. 그리고 포청에 명하여 주동자를 잡아서 물고를 하라 하였다.

처음에는 단지 군졸들이 민겸호의 집 청지기를 죽인, 한 작은 사건에 지나지 못하였다. 그러나 민겸호의 이 처치에 사태는 중대화하였다.

이미 죄를 지은 몸, 포청에 잡히면 물고를 당할 몸, 이럴진대 오히려 이편에서 먼저 손써서 간당들을 제하여 버리자. 우리가 살기 위하여 민족(閔族)들을 잔멸시키자.

—이리하여 처음에는 단지 한낱 폭동에 싹을 내인 이 사건이, 돌연히 변하여 정치화하게 되었다.

폭발된 분노. 격동된 군심.

아직껏 받은 학대와 멸시를 깊이 마음속에 아로새겨 두었던 오영 군졸들은, 순식간에 모두 합심이 되었다.

부숴 버려라. 이미 저지른 일. 인젠 일로 반항과 투쟁으로 매진할 밖에는 도리가 없다. 차차 차차 수와 세력이 많아진 군졸들은 무고(武庫)로 달려가서 창고를 깨뜨리고, 각각 무기들을 꺼내가지고 폭동을 일으켰다.

어느덧 모여든 수백 명의 군졸. 그 위에 일없는 시민들까지 합류를 하여, 수천 명의 이 난민은 파괴행동을 시작하였다. 먼저 전 선혜당상(前宣惠堂上) 김보현을 잡아 죽이자고 그리로들 몰려갔으나, 김보현은 마침 입궐하여 제 집에 있지 않았으므로, 집과 가장집물만 모두 부수고, 그 다음에 민겸호의 집으로 달려갔으나, 겸호 역시 대궐에 들어가 있어서 그 집만 부수고, 거기서 갈라진 일대는 금옥으로 가서 옥을 부수고 죄수들을 놓아주었다.

장안은 뒤끓었다. 무기를 가진 난민들이 동서남북으로 횡행9)을 하며, 아직껏의 세도가의 집들을 다닥치는 대로 부쉈다.

봄내 여름내 가물어서 타는 듯하던 날씨가, 이날 저녁 갑자기 비가 오기 시작하였다. 이것은 원(寃)을

---

9) 횡행

씻는 비라 하여 난민들의 의기는 더욱 높았다.

"민가들을 죽여라."

"대원군을 모셔 가자."

함성! 함성! 동란의 군중에게서, 이구동성으로 나오는 이 소리.

대궐에서는 지급히 어전에 중신회의를 열고 이 동란 진압책을 강구하여 보았다.

해결책은 단 한 가지.

이 국난의 때에 임하여, 격노한 군심을 진정시키고 동요된 민심을 풀 만한 유일의 인물로써, 그들의 머리에 떠오른 것은 흥선대원군 이하응이었다.

군심의 향한 바, 민심의 움직이는 바— 이 난국에 처하여 능히 이를 타개하고 진압하고 선도하고 지배할 능력과 수완이 있는 사람은, 오로지 흥선대원군 한 사람이다. 한때는 이를 꺼리어서 온갖 간악한 수단을 다 써서 대권에서 멀리하였던 인물. 그 뒤 한때는 자기네들의 유흥에 취하여 그 존재조차 잊어 버렸던 인물. 그러나 국가 다난한 이때에 임하여 난국타

개의 유일의 인물로서 이 노인을 수고롭게 하지 않을 수가 없었다.

왕사는 급히 운현궁에 한거해 있는 태공에게로 달려갔다.

"즉각 입내하옵시라는 전교가 곕시오."

—왕명.

이 왕명에 대하여 태공은, 늙은 머리를 숙여서 입내한다는 뜻을 나타내고, 황황히 의대를 갖추고 비를 무릅쓰고 대궐로 향한 것이었다.

사친(私親)되는 국태공 흥선군 이하응.

일찌기[10] 한때는 왕족중의 기린아로서 중망을 한 몸에 지니고 있던 흥선.

그 뒤 한때는 스스로 그 신분을 모호히 하기 위하여, 시정의 부랑배들과 어깨를 겨루고 허튼 바탕에 출입하던 영락된 공자 흥선.

이리하여 수십 년간을 그 신분을 모호히 하다가.

---

10) 일찍이

선대왕(철종) 승하 때에 취한 놀라운 기략. ─한 번 그가 움직일 때에는 궁실의 어른인 조대비가 이 영락된 공자 흥선의 심복이 되었으며, 두 번 움직일 때에는 시정의 한 무뢰한이던 흥선의 둘째 아들 영복은. 일약 삼천리 강토의 임금의 자리에 올랐고, 세 번 움직일 때는 이 부랑자는 왕의 위의 섭정궁이 되었다. 이리하여 어젯날의 시정의 한낱 무뢰한에 지나지 못하던 흥선의 위에 씌어진 명목은, 가로되 섭정 국태공 흥선대원권 저하(國太公 大院君邸下). 천하가 이때에 그의 앞에 허리를 굽혔다. 해와 달조차 그의 앞에는 빛을 겸양하는 듯하였다.

놀라운 기략과 놀라운 패기와 놀라운 과단성으로써, 거친 강토와 피폐한 백성을 다스려 나아가던 대원군 저하.

가로되 서원철폐─.

가로되 국력양성─.

가로되 쇄국양이─.

가로되 풍속개량─.

가로되 세제확립─.

가로되 무엇, 가로되 무엇.

놀라운 그의 손 아래서 무럭무럭 자라는 조선.

이러한 가운데서 단 한 가지 그의 오산(誤算)이 있었다. 자기의 며느님 왕비 민씨의 인물을, 너무도 대수롭잖게 보았던 것―이것이 그의 건설적 위업을 파괴하지 않을 수가 없게 한 유일의 원인이었다.

처음에는 아직 철을 모르기 때문에, 얌전코[11] 정숙한 왕비로서 그의 인생노정을 출발하였지만, 차차 철이 들면서도 왕비는 그뿐에 만족치를 못하였다.

당신의 시아버님인 대원군이 지금 잡고 있는 놀라운 세력을, 당신의 손으로 잡아 보고 싶었다.

당신의 손으로 그 세력을 잡기 위해서는, 당면의 적대자인 대원군을 멀리 하지 않으면 안될 것이다.

이리하여 암중공작(暗中工作) 수년간, 태공은 나라를 주무르기에 바뻐서[12] 안을 돌아보지 못 하는 틈에, 왕비는 어느덧 자기 일당의 세력을 비밀리에 세

---

11) 얌전하고
12) 바빠서

워놓았다.

사당의 세력을 세워놓은 뒤에는 승리는 무론 왕비의 것이었다. 이편은 국왕을 배경으로 삼은 왕비인 반면에, 상대자는 국왕의 한낱 사친에 지나지 못하였다. 이편은 궁중에 뿌리를 박은 반면에, 상대자에게는 뿌리가 없었다.

승부는 분명하였다. 승리는 왕비의 것이었다.

—이리하여 미끄러진 태공.

커다란 포부로써 시작한 커다란 공사를, 건설 도중에 꺾인 태공 이하응은, 울분과 분노의 날을, 오늘은 운현본궁에서 내일은 공덕리 산장에서, 사군자나 희롱하며 가야금이나 장난하며, 불쾌하고 한가한 날을 보내기 칠팔 년.

자기가 그 새 세웠던 모든 건설공사가, 민씨당의 손으로 하나씩 하나씩 꺾이어 나아갈 때에 태공은 이를 갈았다. 치를 떨었다.

그러나 나라이라는 명목을 배경 삼고 행하는 노릇이라, 인제는 (날개 잘리고 손톱 깎인) 태공으로서는 어찌할 도리가 없었다.

학정. 악정. 비정. 이 아래서 신음하는 백성들은, 일찌기 태공 자기가 그렇게 사랑하여 그들에게 복지를 빚어주고자 온갖 애를 다 쓰던 그 백성이 아닌가.

학정. 악정. 비정. 이 아래서 나날이 거칠어 가는 이 강토는, 일찌기 태공자기가 어떻게 하여서든 부강하고 기름진 땅이 되게 하려고, 있는 수단을 다쓰던 그 강토가 아닌가.

왕명을 받고 남여를 날려서 대궐로 가는 동안, 태공은 보았다. 손에 무기를 잡은 무리들이 좌왕우왕하는 것을. 그리고 저마다 소리를 높여서, 민씨들을 잔멸하라고 납함하는 것을.

그것은 이 백성이 민씨들에게 가질 당연한 분노이며 당연한 반역이었다.

"에－이, 비켜라 모두들 앉거라."

우렁차게 울리는 벽제 소리에, 그것이 국태공의 남여인 줄을 알고, 경의를 표하는 난민들의 틈을 헤치며, 태공의 남여는 금위영(禁衛營)을 앞을 휙 지나서 대궐에 이르렀다.

돈화문은 왕명에 의지하여 입내하는 국태공 대원군 저하를 맞기 위하여, 넓게 열려 있었다. 돈화문 밖에는 남여를 버린 태공은 견여(肩輿)에 의지하여 일로 대조전으로 향하였다.

팔 년 만에 대궐 안에 발을 들여놓게 된 태공의 마음은, 스스로 억제할 수 없이 뒤숭숭하였다.

대조전에는 영의정 흥인군 이최응(興寅君 李最應 — 태공의 형) 이하 몇몇 재상이 사색이 되어 시위하여 있고, 왕의 용안에도 수심이 가득하였다.

팔 년 만의 부자의 대면이었다. 태공은 왕의 앞에 단정히 꿇어앉았다.

"전하!"

일찌기 자기의 놀라운 모술(謀術)로써 이 분을 용상의 주인으로 모실 때는, 이 분은 아직 열두 살의 소년이시었다.

그 뒤, 왕비에게 밀리어서 태공 자기가 대궐(그때는 경복궁이었다)에서 떠날 때는 이 분은 스물세 살의 청년이시었다.

춘풍추우 팔개성상, 태공 자기는 공덕리 산장에서 운형궁으로, 운현궁에서 다시 산장으로, 울분과 분노의 세월을 보낼 동안, 일국의 주재자로서의 여덟 해를 지내신 뒤의 이 분은 지금 무르익을 장년이시다.

이 완숙하신 왕자인 아드님 앞에 꿇어앉은 태공. 가슴에 붙이는 천만 가지의 감회 때문에 늙은 눈가에는 어렴풋이 눈물까지 맺혔다.

"전하. 어명에 의지하여 흥선대원군이 참내하왔읍니다."

일찌기 아버님 되는 태공인 자기를 배반하시고 왕비에게로 가셨던 이 분. 울분의 팔개 년을 보내면서도, 혹은 아드님께서 부르시지나 않나 고대고대할동안, 아버님의 존재까지 잊으셨던 이 분. 그러나 그동안 잠시도 태공은 이 아드님을 잊어본 적이 없었다. 자식에게 향하는 어버이의 마음은, 비록 자기를 배반하신 아드님이나마, 하루 한 때도 태공의 염두에서 사라져 본 적이 없었다. 팔 년 만에 우러러보는 아드님의 용안―. 태공은 눈을 깜빡일 줄도 잊은 듯이 용안만 우러러보고 있었다.

"전하!"

아아, 귀여운 내 자식아 하고 한 번 등이라도 두들겨 드렸으면 얼마나 기쁘랴.

일찌기 아버님을 배반은 하셨지만, 팔 년 만에 뵙는 아버님께 대하여, 왕도 감회가 깊으신 모양이었다. 잠시를 아무 하교도 없이 안정(眼)을 생친의 위에 부웃고 계셨다.

—난민들을 진압합시오. 그리고 이 어지러운 국면을 태개합시오.

왕에게서 태공에게의 하명은 이것이었다.

"기로(耆老)의 힘이 자라는껏 진력해서, 성념에 다시 밎지 않도록 하리이다."

아드님께 대하여 이렇게 주상한 뒤에 태공은 어전을 물러나왔다.

빈청을 지나다가 태공은 민겸호와 마주쳤다.

"대감, 오래간만이오. 그간 무양하시오?"

명랑한 미소 아래서 던지는 태공의 인사. 이 뜻안

한13) 인사에 낭패한 민겸호는, 낭패하여 우물쭈물 무엇이라 대답하고는 황급히 태공의 앞을 피하였다.

"가련한 인생."

태공은 가벼이 탄식하였다.

왕명을 받은 태공은, 무위대장 이경하(李景夏)를 동별영으로 보내서 군졸들을 효유하였다. 그러나 이것은 실패에 돌아갔다.

예기했던 배었다.

사―ㄴ 제물. 피로 젖은 제물.

민씨 일족의 집은 몇 개 부쉈다. 그러나 그것뿐으로 어지러운 민심이 만족할 바가 아니었다. 몇 개의 피제물. 민당의 총본영의 거두 몇 사람의 생명.

이 제물이 없이는 흥분된 민심을 진정시킬 도리가 없었다.

"가련한 인생."

아까 빈청에서 황망히 자기의 앞을 피하던 민겸호

---

13) 뜻하지 않은

의 모양을 회상하고, 태공은 다시 한 번 탄식하였다.

그 날의 동란은 꽤 넓게 자리잡았다.

저녁때쯤은 격앙한 군졸들은 세 대로 나누여서, 한 대는 하도감으로 가서 왜별기의 근거를 잔멸시키고, 교관 일본 육군 중위 굴본예조를 죽이고, 또한 대는 일본 공사관으로 달려가서 공사관원 몇 명을 박살하고 공사를 도망시키고―.

나머지의 일대는 대궐로 가서. 민씨 일당을 소탕할 것과 대원권 섭정을 직소하였다.

이러한 난리통에서도 훈련대장 조영하(趙寧夏)의 집뿐은 이 액화에서 벗어났다. 난군들에게 파괴당한 민겸호의 집과 이웃이면서도, 조영하는 부하 장졸들을 자기 사재(私財)로서 녹봉을 지급하여 오던 덕에, 난민들의 손이 안 믿은 뿐 아니라, 군졸들이 그의 집을 호위까지 하여 주었다.

밤에 대궐을 물러나와 운현궁으로 돌아와서, 오늘 일어난 동란의 경과의 보고를 들을 때에, 태공은 인(因)에 대한 과(果)라는 것을 절실히 느꼈다.

선인(善因)에 선과(善果)가 있을진대 악인(惡因)에

악과(惡果)도 또한 반드시 있을 것이다.

억수로 쏟아지는 빗소리에 귀를 기울이면서, 태공은 자리에 들 생각도 않고 선후책 강구에 노심하였다.

왕비—민겸호—김보현—이최웅— 그 밖 누구 누구—.

흥분된 민심을 진정시키기 위하여서는 몇 개의 제물이 필요하다.

"아아, 악인에 대한 악과로다. 누구를 원망하랴. 원망하려면—."

낮에 그렇게 무서운 소란이 있었던 듯싶지도 않게, 비에 젖은 장안은 고스란히 잠들었다.

"대감. 군졸 몇 명이 대감께 뵙겠다고 궁문 밖에 왔읍니다."

이튿날 아침이 아직 밝기도 전이었다.

인제 다시 사기의 거대한 손아귀 속으로 들어오려는 정권에 대하여, 노인답지 않은 흥분과 긴장 때문에 태공은 한잠도 못 잤다. 민씨의 악정 때문에 일단 쓰러졌던 기둥을 다시 바로잡을 영광의 날.

"군졸들이?"

"네."

담배를 담아들고 군졸들을 만나러 피곤한 몸을 일으켰다.

대감의 만일을 염려하여 뒤따라오는 청지기와 그 밖 궁인들을 도로 들여보내고, 태공은 몸소 궁문 밖에 나섰다. 군졸 백여 명이 문 밖에 태공을 기다리고 있었다.

"무에냐."

"대감!"

경애의 눈자위!—.

태공은 자기의 몸에 모이는 이 수백의 경애하는 눈자위에 향하여, 고요히 고요히 머리를 끄덕이었다.

고스란히 밝는 날. 동란의 제이일이었다.

밤 때문에 중지되었던 동란은, 날이 밝자 다시 계속되었다.

이 날 동란의 첫 제물로서 영의정 홍인근 이최응(태공의 친형)이 참살을 당하였다. 탐욕이 너무 심하여 비리의 취재를 많이 한 때문이었다.

각 곳으로 헤쳐 놓은 궁인들에게서, 각각으로 들어오는 동란의 보고를 들으면서, 이 대책을 강구하고 있을 동안 뜻밖에 보고가 태공을 경악케 하였다.

"난민들이 대궐을 침범했읍니다."

"무얼? 대궐을 침범하단?"

언제든 달릴 수 있도록 준비해 두었던 남여에, 태공은 순시를 유예치 않고 몸을 실었다.

돈하문으로 인정문으로, 남여를 내릴 시간도 바뻐서 남여채 대궐 안으로 들어 달린 태공은, 대조전 앞, 난민들의 복판 가운데로 뛰쳐들었다. 거기서 그냥 닫는 남여에서 뛰쳐내린 태공.

"이게 무슨 짓이냐!"

난민들의 어지러운 소리 위로, 울리어나가는 우렁찬 태공의 호통—.

난민들은 이 우렁찬 호령에, 모두 이쪽으로 돌아섰다. 그 위를 두 번째의 호령이 내렸다—.

"여기가 어디라고 외람되이!"

수백의 난민들이 잠시는 이 위엄에 쥐죽은듯이 고요하였다.

"대궐을 침범한 죄는—."

세 번째의 호령이 내릴 때야, 군중 가운데서 처음으로 입을 여는 사람이 있었다—.

"중궁을 찾습니다."

"민겸호를 잡아내려고 그럽니다."

"중전마마며 민 판서는 왜 찾느냐."

"원수를 갚겠읍니다."

원수? 아아, 이 난민이 대궐을 침범한 것은 결코 반역의 뜻으로 나온 바가 아니었다. 단지 당면의 원수들이 대궐의 품에 숨어 있는지라, 그 원수를 잡아내고자 대궐을 침범한 것이었다.

"난 모른다. 좌우간 성념을 번거롭게 해서는 안될 테니 물러들 가거라."

대역이 아닌 것을 알고 비로소 안심의 숨을 내어쉬고, 태공은 난민들의 틈을 헤치면서 대조전으로 올라갔다.

서인이 감히 보지도 못할 대조전 안까지도, 난군들의 진흙 발자리가 어지러이 났다.

난민은 드디어 목적하였던 바 김보현과 민겸호를 발견하여, 대조전 뜰 앞에 끌어다가 박살을 하였다.

　　인제 대궐 안에서 찾아내야 할 사람은 왕비뿐.

　　"중궁을— 중궁을!"

　　대궐 각 모퉁이에서 울리는 이 난민들의 포함성은 처참하였다.

　　난군들이 이렇듯 찾는 왕비는, 벌써 대궐을 벗어난 뒤였다. 마침 편복(便服)이었기 때문에, 꾀 많은 왕비는 궁녀 행세를 하고, 중궁을 찾는 난군들의 포함성을 비웃으면서, 포수 김중현과 무예별감 홍재희의 조력을 받아서, 단봉문(丹鳳門)으로 빠져나와서 화개동 윤태준의 집으로 몸을 감춘 것이었다.

　　난군들이 한 번 다녀간 뒤에, 송장 두 개(김보현, 민겸호)만 쓸쓸히 비를 맞고 있는 뜰을 잠시 내려다보고 있다가, 태공은 내시를 불렀다. 그리고 그 내시에게 명하여 꾸역꾸역 숨어 있는 대신들을 불러내었다.

　　왕비 한 사람이 몸을 피한 밖에는, 난민들이 당면의 적으로 생각하던 다른 재상들은 다 참살을 당하였다. 이만하였으면 인젠 진무하면 진무도 넉넉히 되리라고 믿었으므로….

그리고, 정원(政院)에 명하여 국상을 반포케 하였다. 중전은 난군중에 화를 보셨고 그 옥체까지 잃었으므로 의관장(衣冠)을 한다 하는 것이었다. 승지 조병호(趙秉鎬)며 김학진(金鶴鎭) 등은, 거짓 국상은 반포할 수 없다고 강경히 반대하였으나, 이때의 국태공의 명령은 뉘라서 어길 수가 없었다.

이리하여, 왕비는 일단 숨었던 화개동에서 충주 장호원 민응식의 집으로 피신(避身)의 길을 재는 동안, 정부에서는 그에게 대한 국상을 반포하였다.

팔 년 간을 울분한 생활을 계속하던 국태공 흥선대원군은, 다시 섭정의 자리에 올라서게가 되었다.

국상을 반포하여, 난군들을 진무한 뒤에, 피곤한 몸을 남여에 싣고 도로 운현궁으로 돌아올 때에, 그의 입에서 새어나온 기다란 한숨. —그것은 단순한 안심뿐에서 나온 것이 아니었다. 자기가 다시 지어야 할 이 국민에게 대한 크나큰 의무감에서 한숨도 다분히 섞이어 있었다.

(『월간매신(月刊每申)』, 1934.11)

눈보라[14]

조선은 **빽빽**한 곳이었습니다.

어떤 사립학교에서 교사 노릇을 하던 홍 선생은 그 학교가 총무부 지정 학교가 되는 바람에 쫓겨 나왔습니다. 제아무리 실력이 있다 할지라도 교원면허증이라 하는 종잇조각이 없으면 교사질도 하지 말라 합니다. 그러나 이제 다시 산술이며 지리 역사를 복습해가지고 교원검정시험을 치를 용기는 없었습니다.

일본 어떤 사립중학과 대학을 우유배달과 신문배달을 하면서 공부를 하느라고 얼마나 애를 썼던가.

---

14) 동아일보에서 「동업자」란 제목으로 1929년 9월 21일~10월 1일까지 발표한 작품으로, 단편집 대조사에서 발행한 『태형』(1946)에서 「눈보라」로 제목을 고쳐 수록하였다.

겨울, 주먹을 쥐면 손이 모두 터져서 손등에서 피가 줄줄 흐르는 그런 손으로 필기를 하여 공부한 자기가 아니었던가. 주린 배를 움켜쥐고 학교 시간 전에 신문배달을 끝내려고 눈앞이 보이지 않는 것을 씩씩거리며 뛰어다니던 그 쓰라림은 얼마나 하였던가. 그리고 시간을 경제하느라고 우유 구루마를 끌고 책을 보며 다니다가 돌이라도 차고 넘어졌다가 다시 일어날 때에 벙글 웃던 그 웃음은 얼마나 상쾌하였던가. 이것도 장래의 나의 일화의 한 페이지가 되려니.

아아, 생각지 않으리라. 그 모든 고생이며 애도 오늘날의 영광을 기대하는 바람이 있었기에 무서운 참을성으로 참고 지내지 안했나.

그러나, 그 애, 그 노력도 모두 물거품으로 돌아가 버렸습니다. 7년 동안의 끔찍이 쓴 노력도 조선 돌아와서 소학 교사 하나를 해먹을 수가 없었습니다. 7년 동안을 머릿속에 잡아넣은 지식은 헛되이 썩어날 뿐 활용해볼 길이 없었습니다.

자, 인제는 무엇을 하나. 철학과라는 시원찮은 전문을 졸업한 홍선생에게는 이제 자기가 마땅히 붙들

직업을 발견할 수가 없었습니다.

회사원? 수판을 놓을 줄을 모르는 홍 선생이었습니다. 은행원? 대학 교정과의 졸업증서가 그에게는 없었습니다. 행정관리? 여기도 또한 졸업증서가 필요하였습니다. 그러면 신문기자? 그렇습니다. 이것이 홍 선생에게는 가장 경편하고 손쉬운 직업에 다름없었습니다. 그러나 한 사람의 결원에 대하여, 이삼십 인의 지원자가 있는 신문기자도 손쉽게 그의 몫으로 돌아오지 않았습니다.

그는 교원 생활을 하는 동안에 준비했던 책이며 그 밖에 있던 것을 하나씩 둘씩 팔아 없애면서 자기의 장래의 취할 길을 연구하였습니다.

철인 플라톤은 사람을 제일의(第一義)의 국민과 제이의(第二義)의 국민으로 나누었습니다. 그리고 제일의의 국민으로 사유자와 방어자를 세우고, 제 이의의 국민으로는 지금에 서로 대치해 있는 자본가와 노동자를 세웠습니다. 그리고 제이의의 국민은 물론 모두 천업자라 하여 문제 밖으로 삼고 제 일의의 국민, 즉 사유자와 방어자를 위하여 국가는 마땅히 ○○주의를 시행할 것이라 하였습니다. 수신 제가 이후에 능치천하라 하였지만, 플라톤은 제일의의 국민으로서 뒷근심을 온전히 없이하고 온 힘을 국가를 위해 쓰게 하려 하였습니다. 국가는 제일의의 국민을 양육할 의무가 있다 하였습니다.

이 사상은 얼마나 홍 선생에게 공명되는 사상이었겠습니까.

모든 대사상이며 학설 도덕도 배부른 뒤에야 나올 것이 아니냐. 시재 먹을 것이 없는 이에게서 무슨 대사상이 나오며 무슨 대발명이며 대발견이 있겠느냐…… 홍 선생은 때때로 분개도 해보았습니다.

'10년 공부가 나무아미타불이라더니, 사실 7년 고생이 밥 한 바가지 안 되는구나.'

홍 선생은 때때로 한숨도 쉬어보았습니다.

그러나 그의 분개며 한숨에 대답해주는 이는 없었습니다. 더구나 해결이나 서광을 보여주는 이도 없었습니다.

이리하여 처음에는 좀 고상한 직업(?)을 구해보려

던 홍 선생은 아무런 직업이라도 닥치기만 하면 하려 하였습니다.

마음이 내려 앉지 않은 생활이었습니다. 무엇을 하나? 무엇을 하나? 근육 노동은 할 수가 없으나 그 밖에는 아무런 직업이라도 해보려 하였습니다.

활동사진 변사……. 교사 노릇 몇 해에 입으로 밥을 벌어먹던 그는 변사 노릇은 넉넉히 할 자신이 있었습니다. 그러나 급기야 되려고 알아보매, 거기도 또한 면허증이 있어야 한다 합니다. 약제사? 거기도 면허증이 필요하였습니다. 경부보? 순사를 지냈다는 경력이 있거나 법학교의 졸업증서가 있어야만 된다 합니다. 자동차 운전수? 거기도 면허장이 필요합니다. 대서소도 면장, 도수장도 면장, 심지어 이발쟁이까지도 인가증이 필요하였습니다.

모두가 면허증, 허가증, 인가증…… 인력거꾼, 도살자, 고기 장사, 빙수장사…… 홍 선생에게 해먹을 노릇은 하나도 없었습니다.

왜 사람이 살아가는 데 대하여 생활 허가증이라든가 생활 면허증은 주지 않느냐. 그리고 그 증서가 없는 사람은 사형에 처하지 않느냐. 왜 밥 먹는데 밥 먹는 면허증이라는 것은 주지 않느냐. 왜 걸어 다니는 면허증은 주지 않느냐. 홍 선생은 몇 번을 역정을 내며 분개하였습니다. 어떤 때는 읽던 책을 획 집어 던진 때도 있었습니다.

'책은 보아서 무얼 해! 만권 서적이라도 제 능히 한 장의 면허증을 못 당할 것을.'

세상사에 어두운 학자인 홍 선생이었습니다. 그러나 하늘이 무너져도 솟아날 구멍은 있나니, 홍 선생도 마침내 그 구멍을 발견하였습니다.

몹시 주저 중 반년이 지났습니다. 어디, 돈 많은 처녀(과부라도 좋다)나 없나? 돈이라도 길에 떨어지지 않았나? 자기가 가르치던 학교에서 특별히 당국에 교섭하여 자기만은 면허증이 없이도 교사 노릇을 하도록 운동해주지 않나? 자기 물건 가운데 우연히 값나가는 보배라도 있지 않나? 면허증! 면허증……아무런 면허증이라도 면허증 하나만 갖고 싶다! 이렇듯 용신이 지난 뒤에 홍 선생은 마침내 자기가 솟아날 구멍을 발견하였습니다.

어떤 날, 또한 팔아먹을 물건을 얻느라고 이리 뒤적이고 저리 뒤적일 적에 그는 낡은 전기 안마기를 골방 구석에서 얻어냈습니다. 그것은 이전에 홍선생이 류마티스로 고생할 때에 어떤 학부형인 의사가 선물로 보낸 것이었습니다.

'아직 쓸까?'

그는 그것을 먼지를 턴 뒤에 스위치를 넣어보았습니다. 찌르륵 하는 소리와 함께 두 쪽을 잡은 홍 선생의 손은 떨렸습니다.

'2원은 주렷다.'

그는 기계를 잘 닦아서 책상 위에 올려놓은 뒤에 신이 없이 다시 누웠습니다.

'내게는 지식밖에는 아무것도 없다. 그러나 지식은 돈이 안 되는 세상이다.'

홍 선생은 막혔습니다. 무엇이 돈이 되나? 돈이 돈을 낳는다 합니다. 그러나 조선에서는 아직 돈이 돈을 낳는 것을 홍 선생은 본 일이 없습니다. 돈 1,000원만 벌면 신문이 떠들어주는 조선이었습니다. 그러면 정서(情緖)? 정서를 팔아도 돈이 안 되는 조선이었습니다. 병합 당시와 그 뒤 한동안은 정서를 팔아서 돈이 된 시대도 있었지만, 지금은 그것도 역시 돈이 안 되는 모양이었습니다. 재주? 기능? 저작? 용기? 돈 되는 것은 하나도 없었습니다. 그러면?

'면허증이다.'

매월 단 사오십 원의 돈이라도 되는 것은(어떤 면허증이든) 면허증밖에는 없었습니다. 그리고 또한 같은 결론 아래서 조선 사람의 최고 희망은 매월 사오십 원의 월급이요, 조선 사람의 최대 목적은 면허증을 얻는 데 있다 할 수가 있습니다.

홍 선생은 화를 내어 발버둥을 쳤습니다. 그러나 발길에 차이는 것은 아무 것도 없으므로 다시 벌떡 일어나 앉았습니다. 그리고 다시금 전기 안마기계를 보았습니다.

'헐값을 받아도 2원이야 주겠지.'

헛소리와 같이 이렇게 중얼거리면서 한참 그것을 바라보고 있던 홍 선생은 문득 두 주먹을 불끈 쥐며 일어섰습니다. 그의 눈은 충혈이 되고 그의 쥔 두 주먹은 떨렸습니다.

'하나 있다, 돈 되는 것이. 지식은 돈이 못 되나 지혜는 돈이 된다.'

보천교, 청림교 등등 지혜를 팔아서 대성한 몇 개의 단체가 그의 머리를 스치고 지나갔습니다.

며칠 뒤에 홍 선생 책상 위에는 별별 기괴한 물건이 장식되어 있었습니다.

청진기였습니다. 체온기였습니다. 반사경이 있습니다. 취소가리, 안티피린, 금계랍, 위산, 옥도정기 등이 있었습니다. 그리고 복판 가운데에는 전기 안마기가 제왕과 같이 군림하여 있었습니다. 그리고 책상 한편 모퉁이에는 함경북도 각 고을고을의 육군 지도가 가려 있었습니다.

지식은 있으나 지혜는 그리 많지 못한 홍 선생은 적으나마 그 지혜를 팔아서 호구를 해보려 하였습니다.

이리하여 또 며칠이 지난 뒤에 홍 선생은 온갖 여장을 가다듬어 가지고 순회 치료 여행을 함경도로 떠났습니다.

그의 여장 가운데에는 진찰 가방과 전기 안마기와 몇 가지의 옷밖에 주머니 속에 깊이 간직한 한 가지의 가장 귀한 물건이 있었으니 그것은 조그마한 노트 한 권이었습니다. 몇 가지의 간단한 처방을 적은 책이었습니다.

산골에서 산골로 홍 선생의 여행은 계속되었습니다. 홍 선생은 이 세상에 이렇듯 이름 모를 많은 병이 있을 줄은 뜻도 안 했습니다. 홍 선생에게는 다만 머리가 아프면 두통이었습니다. 배가 아프면 복통이었습니다. 몸이 파리했으면 폐병이었습니다. 오금이 쏘면 류마티스였습니다. 몸에 열이 있으면 고뿔이나 학질이었습니다. 눈이 벌거면 안질이었습니다. 그밖에 예외적으로 시병, 문둥, 황달 등등 몇 가지가 있고, 그 밖에는 대개 학설상으로만 존재하였지 실제로 있는 병이라고는 뜻도 안 하였습니다. 그런데 이 현상은 무었이옵니까.15)

뿐만 아니라 그가 간단하다고 생각하였던 병까지

도 급기야 닥쳐놓으니까 판단을 내릴 수가 없었습니다. 머리가 아프고 배가 아프고 오금이 쏘는 병을 그는 무엇으로 진단하여야 할지 망설였습니다. 식욕은 있고도 먹으면 모두 설사하고 몸이 파리해가는 병을 무엇으로 진단하여야 할지도 몰랐습니다. 아니 정확히 말하자면 '이것은 무슨 병이라'고 서슴지 않고 판단을 내릴 자신이 있는 병은 한 번도 만나본 적이 없었습니다.

그는 환자를 만나면 먼저 청진기를 가슴에 댑니다. 만뢰(萬雷)라 할까 폭포수라 할까, 우렁찬 소리가 귀에 울립니다(처음에는 홍 선생은 몇 번을 몸을 흠칫 흠칫 놀랐습니다). 한참 이리 듣고 저리 들은 뒤에 그는 눈살을 몇 번 찌푸리고 머리를 몇 번 저은 뒤에 열을 봅니다. 이 열만은 홍 선생이 가장 자신 있는 태도로 보는 바이니, 상열(常熱)이 37도 약(弱)이라 하는 것은 홍 선생이 벌써부터 아는 바외다.

이리하여 진찰이 끝나고는 치료를 시작합니다.

---

15) 무엇이옵니까

환부(환부가 똑똑하지 않을 때에는 온몸)에 전기기계를 문지르는 것으로 그의 치료의 제일 도정은 시작됩니다. 이리하여 환자의 몸이 마비된 듯하면 홍 선생은 약을 짓습니다. 식전 약으로는 안티피린, 식후 약으로는 위산, 이 두 가지를 주고 돈을 받은 뒤에는 뒤도 안 돌아보고 그다음 산골로 달아납니다.

어떠한 병에든 홍 선생은 이 두 가지 약밖에 다른 약의 필요를 느껴본 적이 없었습니다. 주머니 속에 깊이 간직한 노트도 또한 쓸데없는 물건이었습니다. 병명을 한 번도 판단 내려본 적이 없는 홍 선생에게서는 처방이라는 것이 쓸데없었습니다.

이리하여 7년 동안을 배운 지식과 그 노트는 한편 구석에 짓이겨 놓고 한 때의 지혜(오히려 돈지(頓智))뿐으로 밥을 벌어나가는 자기를 홍 선생은 발견하였습니다.

그리고 환자나 혹은 친척이 무슨 병이냐고 묻는 때라도 있으면 경우에 따라서 새 병명을 발명키를 주저하지 않습니다.

어떤 의생(醫生)의 사망진단서 가운데 십장병(十丈病)이라 하는 것이 있었습니다. 경찰서에서 연구하다 못하여 그 의생을 불러서 어떤 병이냐고 물었습니다. 즉 그 의생의 대답이 열 길 되는 벼랑에서 떨어져 죽었으니까 '십장병'이라 하였습니다.

이 이야기를 당시에는 그렇게도 웃은 홍 선생이 아니었습니까. 웃다 웃다 못하여 마지막에는 울음소리로 그 이야기를 노려보고 또 노려보고 한 그가 아니었습니까.

그러나 이제 만약 누가 홍 선생이 내린 그 모든 괴상한 병명에 대하여 질문하는 이가 있다 하면 홍 선생은 가장 엄숙한 태도로 무언의 책망을 할 것이겠습니다. 그리고 전문가의 단안을 의심하는 시로도(초심자)의 주제넘은 태도를 멸시하기를 마지않을 것이겠습니다.

그러나 조선은 역시 빡빡한 곳이니 거기도 또한 관헌의 압박과 간섭이 있었습니다.

'이상한 기계로써 온갖 병을 고치는 고명한 의술'홍

선생의 이름이 방방곡곡 퍼지며 높아갈 때에 관헌의 압박과 간섭이 시작되었습니다.

"무슨 자격으로 병자를 취급하느냐?"

그들의 물음은 이것이었습니다.

"이 기계(전기 안마기) 사용에는 자격이 필요 없다."

홍 선생은 가만히 대답하였습니다.

"무슨 자격으로 투약을 하느냐?"

그들은 질문을 바꾸었습니다.

"치료사의 자격으로."

"의사나 의생의 면허증이 있느냐?"

"없다, 필요도 없다."

"30원의 벌금이다."

간단한 결론이었습니다. 그러나 피하지 못할 명령이었습니다.

이런 일을 두 번 겪고 세 번째는(돈이 없으므로) 몸의 구속으로 돈을 대신하고 나온 홍 선생은 며칠 동안은 기가 막혀서 정신을 차리지를 못하였습니다.

인제는 굶어 죽었구나. 며칠 동안을 거진 음식을 전폐하다시피 하고 누워서 어렴풋이 이런 생각을 하고는 한숨을 쉬고 하였습니다.

　그러나 하느님이 사람을 굶어 죽게는 내지 않은 것이니 사경에 직면한 그는 거기서 또다시 활로를 발견하였습니다.

　국경을 넘어서자, 평북 용천 태생인 그는 지나인(支那人) 말에도 얼마간의 자신이 있었습니다.

　면허장을 보자는 관헌도 없고 의사도 부족한 만주땅은 사실 이 선량한 사기한 홍 선생에게는 낙원이나 다름없었습니다. 그리하여 전치(全治)된 자기의 몇몇 환자에게 여비를 동냥해가지고 홍 선생은 커다란 바람을 품고 국경을 넘어섰습니다. 뿐만 아니라 국경을 넘어설 때는 홍 선생의 콧등에도 금테 안경이 걸렸고 가슴에는 도금시곗줄이 번쩍였습니다. 의사로서의 위신과 위풍을 만주 사람들에게 보이기 위해서외다.

　'전세계 전기치료계의 태두.'

　'미국 화성돈(華盛頓) 전기대학교 교수.'

　'덕국(德國) 백림(伯林) 의학대 박사.'

　이러한 명색 아래 홍 선생의 이름은 국경을 넘어

만주의 촌촌에도 퍼지기 시작하였습니다. 금테 안경과 금 시곗줄은 홍 선생의 그 길다란 명색에 적당한 위엄과 위풍과 신뢰를 사람들의 마음에 일어나게 하였습니다. 홍 선생의 좀 꽁한 태도로 이름 있는 의사다웠습니다. 코 아래 수염도 났습니다.

약은 역시 안티피린과 위산뿐이었습니다. 어떠한 병에든 식전 약으론 안티피린, 식후 약으론 위산이었습니다. 그러나 홍 선생은 운이 터졌던지 그들의 병은 이 단순한 두 가지의 약과 전기치료뿐으로 낫고는 하였습니다. 이리하여 홍 선생이 조선 땅을 뒷발로 차 던진 지 1년쯤 뒤에는 홍 선생이 돌아다닌 만주의 촌락에는 화타나 편작의 재래로서 홍 선생의 이름은 널리 퍼졌습니다. 그의 이상한 기계를 지나인들은 마술상자와 같이 신앙의 마음으로 바라보았습니다. 기계에서 웅- 하는 소리가 날 때에는 모두들 경건한 태도를 취하였습니다.

이리하여 그의 이름이 해와 같이 빛나게 되었을 때에 그는 어떤 지나 호농(豪農)의 집에 불려 가게 되었습니다.

환자는 그 집 젊은 며느리로서 병은 난산(難産)이었습니다. 소위 애가 올라붙었다고 그 집에서는 야단법석을 하였습니다.

홍 선생은 팔을 걷은 뒤에 가장 엄숙한 태도로 환자의 배를 만져보았습니다. 올라붙었는지 내려붙었는지 모르되, 뱃속에 어떤 물건이 움직이고 있는 것은 알 수가 있었습니다. 환자는 땀을 뻘뻘 흘리며 연하여 다리를 꼬며 허리를 구부리며 부르짖었습니다.

자, 이 일을 어쩌나, 어떻게 치료해야 되나. 홍 선생도 구슬땀을 흘렸습니다. 보통 배 아픈 데에는 위산을 먹였지만 이 환자에게는 위산은 쓸데없을 것이었습니다. 아편을 주자 하니 거기 또한 태모와 태아, 생리학적 관계를 모르는 홍 선생은 뒷일이 염려되어 그것도 할 수가 없었습니다. 홍 선생은 연하여 땀을 씻고는 배를 만져보고 배를 만져보고는 땀을 씻고 하였습니다.

전기 기계를 열었습니다. 둘러앉았던 환자의 남편이며 시어머니는 이 기계를 보고야 적이 안심된 듯이 서로 얼굴을 바라보며 수근거렸습니다.

치료는 시작되었습니다. 사실 이때에 기회만 있었더라면 홍 선생은 뒷문으로 빠져서 달아나기를 주저하지 않았겠습니다. 소심한 홍 선생은 땀을 뻘뻘 흘리며 손을 떨면서 환자의 배를 기계로 문질렀습니다. 그리하여 한창 거기 정신이 팔려서 문지를 때에(홍 선생에게는 뜻밖으로서) 환자는 어느덧 숨소리 고요히 잠이 들었습니다. 어느덧 잠이 들었는지 잠든 것을 발견한 홍 선생은 환자를 눈이 끔벅끔벅 들여다보다가 문득 치료자로서의 긍지를 느끼면서 기계를 수습하고 머리를 들었습니다. 아까의 저품과 근심은 눈과 같이 사라졌습니다. 기계 뚜껑을 덮은 뒤에 손수건으로 두어 번 툭툭 먼지를 터는 홍 선생의 태도에는 개선한 장군과 같은 위엄과 자랑이 있었습니다.

그런 뒤에 여전히 식전 약으론 안티피린, 식후 약으론 위산을 몇 봉지 찾아준 뒤에 코 위에 걸린 안경을 어루만지면서 일어났습니다. 그리하여 많은 치하와 사례를 받은 뒤에 객주로 돌아오려고 그가 문에까지 이르렀을 때에 그 집 작은주인이 따라 나오면서 그를 찾았습니다. 홍 선생은 가슴이 선뜩 내려앉았습니다.

그래서 못 들은 체하고 그냥 가려 할 때에 문까지 따라 나온 작은주인은 마침내 홍 선생을 붙들었습니다.

"선생님, 이 사람을 데리고 가주십쇼."

"?"

"선생님과 같은 조선 사람이외다. 데리고 가서 마음대로 처분해주십쇼."

"?"

거기에는 알지 못할 한 50세 가량 된 조선 사람 하나가 공포로써 밉게까지 된 얼굴로 웅크리고 서 있었습니다. 새까맣게 터진, 주름살은 없지만 늙음을 나타내는 그의 얼굴은 사람의 살아가는 괴로움과 쓰라림을 넉넉히 말하고 있었습니다. 뿐만 아니라 더욱 놀랄 일은 그의 장작개비와 같이 빳빳 마른 두 손에는 순간 전까지 결박을 당하여 있던 노끈의 시뻘건 자리가 깊이 박혀 있었습니다.

"자칫하더면 만주서 고혼이 될 뻔했소이다."

홍 선생과 같이 홍 선생의 객주에 와서 한참 몸을 사시나무 떨듯 떨던 노인은 좀 진정이 된 뒤에 이렇게 한숨을 쉬었습니다. 그리하여 노인에게 이야기를 이리 듣고 저리 물은 결과로서 홍 선생이 안 바는 대략 이러하였습니다.

그 노인도 역시 홍 선생과 같은 의술가였습니다.

본시는 선비로서 공맹지도밖에는 아무것도 모르던 노인은 역시 생활난이라 하는 데 밀려서 만주로 쫓겨 나왔습니다. 조선 땅을 떠날 때에는 마누라와 아들과 며느리와 몇 백 원의 돈이 있었지만, 무서운 꼬임병이 만주를 한 번 휩쓸어온 뒤에는 그에게 남은 것은 머릿속의 공맹지학밖에는 없었습니다.

홍 선생의 신학문이 밥이 못 되는 것과 마찬가지로 노인의 구학도 밥이 못 되었습니다. 노인은 역시 목숨을 보지해 나아가기 위하여 의술가로 개업하였습니다. 그리하여 한방의학의 '이열치열'이라는 원리에 좀 수정을 더해 '이열치병(以熱治病)'이라는 새 원리를 세워가지고 그는 온갖 병을 열로써 고쳐보려 하였습니다. 노인의 어렸을 때 경험으로 배가 아프면 불물을 배에 대고, 고뿔이 들리면 방을 덥게 하며, 식체는 손발을 더운물로 씻었으며, 이질에는 쑥찜을 하였으며, 온갖 병에 한정과 온정이 유리한 것을 보았으니 이러한 결론에 이르는 것이 오히려 당연하였습니다.

노인은 쇠뭉치를 하나 준비하였습니다. 굵기가 두 치 되고 길이가 한 간쯤 되는 쇠뭉치의 좌우편 끝에는 나무 손잡이가 달렸으니, 이것이 이 노인의 유일무이한 치료기구였습니다. 어떤 병에든지 그는 그 쇠뭉치를 불에 달구어가지고 환부에 굴렸습니다. 굴리고 굴리고 하여 환자가 정신이 얼떨떨한 듯하게 된 뒤에야 그는 치료가 끝난 것을 선언합니다.

'가열치료 대박학사(大博學士).'

이러한 명색으로 만주 몇 십 리를 쇠뭉치 하나를 밑천 삼아가지고 편답하던 노인은 아까 그 집(홍 선생이 갔던 집)에 불려 가게 되었습니다.

"밥을 벌어먹자니 말이지 내가 병을 아오? 그래두 되놈의 병은 고치기가 쉬워요. 그놈들은 앓다 앓다 못해서 정 할 수 없이 되어 의술한테 옵니다그려. 그러니깐 의술한테 오는 놈은 죽게 된 놈 아니면 다─ 낫게 된 놈이야요. 그러니깐 게다가 쇠뭉치라도 데워서 굴려주면 죽을 놈은 죽고 그렇지 않으면 나았지,

병이 오래간다든가 하는 일은 쉽지 않구려. 그래 그 놈의 집에 가니깐 년은 죽노라고 야단이고 놈들두 모두 눈이 퀭하니 있는데 내니 어떡헙니까. 또 쇠몽치를 달궜지요. 그리구 한참 힘 있게 배에 굴려주었더니 년이 그만 까무러치겠지요. 그래서 따귀를 한 대 때렸구려, 년의…….

정신 차리라구 그랬더니 놈들이 뭐라구 뭐라구 하더니 나를 질근질근 동여서 움에 가둡디다그려. 년이 죽기만 하면 나두 죽인다구요. 난 다시 살기를 바라지 않았어요. 이제 살면 무얼 합니까. 생목숨 끊을 수가 없어서 이러구 다니지 이제 더 살면 낙 보기를 바라겠소? 그러니 죽어지는 날까지 먹기는 해야겠구. 망할 놈의 세상에 태어나서…….”

노인은 한숨과 함께 말을 끊었습니다. 아아, 그러나 이렇듯 홍 선생에게 공명되는 이 노인의 이야기도 홍 선생은 침착히 들을 수가 없었습니다. 그의 얼굴에는 낭패의 빛이 떠 있었습니다.

“그럼 노인장은 인제 어떡허시려우?”

“역시 그밖에는 할 게 있소? 사실 말이지 생목숨을

끊을 수는 없습디다그려. 몇 번을 에라 죽어버리자구 해본 적은 있지만 그러나……."

"얼마 안 되지만 노비에 보태어 쓰시오. 그리구 노인장 여관에 가서 한참 주무시오."

돌연 명령이었습니다. 홍 선생에게는 자기의 낭패한 빛을 감추든가 노인의 이야기를 더 듣는다든가 할 마음의 여유가 없었습니다.

'놈들이 뭐라구 뭐라구 하더니 날 질근질근 동여서…….'

노인의 이야기 가운데 이 말 한 마디뿐이 그의 귀에 박히고 그의 머리에 새겨져서 다른 생각은 도저히 할 수가 없었습니다. 이리하여 총총히 노인을 몰아낸 홍 선생은 노인의 외로운 뒷모양이 길모퉁이에서 사라지는 것을 본 뒤에 황급히 방 안에 뛰어들어와서 짐을 묶기 시작하였습니다.

죽지 않았나, 혹은 환자는 죽지 않았다 할지라도 뱃속의 어린애가 전기 때문에 죽지나 않았나, 환자의 아까의 안정은 뱃속의 어린애의 정지(죽음)로 말미암아 생겨난 일시적 현상이 아니었던가, 이런 생각을 어렴풋이 하며 밖을 내다보았습니다. 짐을 묶었다 다시 짐을 풀어서 옷을 꺼내고 다시 묶었다 옷을 벗었다 입었다 하던 그는 그래도 한 30분 뒤에 그 짐을 다 정리해 가지고 셈을 치른 뒤에 그 여관을 떠났습니다. 아니 오히려 달아났습니다.

사람을 피하고 동리를 피하여 길을 가던 홍 선생은 그날 밤 멀리 동리의 불을 바라보면서 벌판에서 자기도 하였습니다.

여름 달밤이었습니다. 요를 펴고 별을 바라보면서 누워 있는 홍 선생에게는 만감이 왔다 갔다 하였습니다. 벌레들이 웁니다. 때때로는 알지 못할 새의 우는 소리도 들립니다. 이런 것을 바라보면서, 이런 것을 들으면서 두틀두틀하여 편안하지 않은 요를 연하여 고쳐 펴면서 홍 선생은 자기의 지난 일과 이제 올 일을 여러 가지로 생각해보았습니다.

'생목숨 끊을 수가 없어서 이러구 다니지 이제 더 살아서 낙 보겠소?'

인생의 목적이 무엇이냐 하는 문제는 홍 선생은 생

각해보려고도 아니하였습니다. 그러나 생각하기 전에 해답이 먼저 머리에 걸려 늘어지고 걸려 늘어지고 하였습니다. 인생의 목적은 먹고사는 데 있다고……그렇습니다. 이렇게 대답될 때에 한하여 홍 선생의 삶에도 한 점의 가치가 붙습니다. 먹고 사는 것이 인생의 유일의 목적이라 하는 것뿐이 현재, 과거, 미래, 할 것 없이 홍 선생의 삶의 유의의(有意義)함을 설명하는 다만 하나의 길이었습니다.

그러나 '돌이켜서 먹고사는 것'은 인생의 목적에 도달하려는 한 수단이요 방법에 지나지 못한다 할 때에는 홍 선생의 삶은 '제로'가 되어 버리겠습니다. 존재하는 것은 모두 다 합리적이라 한 헤겔의 주장을 그대로 신봉한 바는 아니지만, 본시 낙천적으로 생긴 홍 선생은 방랑의 몇 해 동안에 한 번도 자기의 장래에 대하여 깊이 생각해본 적이 없었습니다. 이전 학생 시대에 그려둔 '장래'가 아직껏 머리에 찬란히 박혀서 굳은 신념으로서 남아 있었습니다. 이러한 어렴풋한 개념으로 그는 아직껏 그 방랑을 쓰다 하지 않고 받아왔습니다. 어째서? 하는 의문은 그에게 일어나본 적

은 없었습니다. 그러나 만약 여기 누가 있어서,

　'어째서 너의 장래에는 광휘가 있겠느냐?'

이고 묻는 이가 있다 하면 그는 서슴지 않고 대답하였겠습니다.

　'나는 홍○○이다.'

고……. 간단하고 명료한 대답이외다. 그는 이만치 자기의 장래를 낙관하고 있었습니다.

　그러나,

　'생목숨 끊을 수 없구…….'

이라 하던 그 노인의 말은 홍 선생이 아직 생각지도 않았던 새로운 질문을 그의 머리에 던졌습니다. '언제?'며 '어떤 방법으로?'며 '어떠한'이었습니다. 언제 어떠한 방법으로 혹은 어떤 길을 좇아서 어떠한 광휘가 그에게 이르겠느냐.

　'하느님뿐이 아신다'고 튀겨버리기에는 너무 엄숙하고 비극적인 물음이었습니다. 어떠한 결과에 이르기에는 그 결과가 생겨날 만한 동기 혹은 원인과 거기까지 이르는 행위가 필요하다는 것은 예전의 철인들이 지적한 진리였습니다. 그러면 홍 선생에게 이를 광휘는 어떤 원인으로 어떤 길을 밟아서 이르겠느냐.

방랑의 길을 떠나기 전에 때때로 생각하고 적어두었던 인생에 대한 그의 독창적 의견조차 벌써 잊어버린 그였습니다. 차차 머리가 말라가는 그였습니다. 더구나 지금에는 오늘날의 밥 문제밖에는 생각할 겨를도 없는 그였습니다. 언제 어떠한 길을 좇아 어떤 광휘가 그에게 이르나.

역시 벌레 소리가 들립니다. 알지 못할 새의 소리가 역시 때때로 들립니다. 하늘에는 별이 반짝입니다. 아까는 이마를 넘어서 보이던 달이 시방은 벌써 가슴 위로 넘어와서 여전히 서늘한 빛을 부었습니다. 그러나 홍 선생은 잠잘 생각도 안 하고 고민하고 있었습니다. 벌떡 일어나면서 성을 내어 본 때도 있습니다. 그러나 역정이나 탄식이 사람의 번민에 광명을 주지 못하는 것은 예나 지금이나 일반이니 홍 선생의 번민은 사라질 바 없었습니다.

벌레 소리, 알지 못할 새소리, 서늘한 달빛 가운데에서 홍 선생은 밤새도록 일어났다 누웠다 하면서 번민하였습니다.

그러나 배고픈 데 들어서는 양반 상놈이 없나니 며칠 지난 뒤에는 홍 선생은 여전히 호호탕탕히 덕국 백림 의학박사의 명색으로 치료 여행을 계속하는 자기를 발견하였습니다.

그리하여 그해 여름도 다 간 어떤 날, 어떤 자그마한 촌에 도착한 홍 선생은 그 촌 어귀에 '가열치료 대박사 ○○○'이라 한 종이 간판을 보고 하하 하였습니다. 주인을 잡은 뒤에 자기도 미국 화성돈 전기 대학교 교수 홍○○이라 한 종이 간판을 몇 군데 붙이라고 시킨 뒤에 번번 나가넘어지고 말았습니다.

'죽음보다 힘센 것은 주림이다.'

이리 뒹굴고 저리 뒹굴며 이런 생각을 어렴풋이 하면서 거기 연하여 그 쇠몽치 노인이며 자기의 일을 회상하다가 어느덧 잠이 들었던 홍 선생은 누가 깨우는 바람에 중얼거리며 정신을 차렸습니다. 그것은 환자에게서 홍 선생을 좀 와달라는 심부름꾼이었습니다.

홍 선생인 치료기구를 수습해가지고 따라갔습니다. 환자는 뜻밖에 쇠몽치의 노인이었습니다.

"노인장 웬일이시오?"

"오래간만이외다. 여기서 또 선생님의 신세를 져야 될까 보외다."

"그래, 어디가 편찮으셔요?"

"눈이 보이질 않는구려. 한 사나흘 전부터 눈에 안개가 낀 것같이 흐릿하더니 오늘부터는 보이질 않는구려. 한 번 좀 봐주시오."

홍 선생은 노인을 누인 뒤에 솜씨 익은 태도로 눈을 뒤집어보았습니다. 그러나 어디가 나쁜지 홍채도 있었습니다. 동자도 있었습니다. 출혈도 되지 않았습니다. 홍 선생은 노인의 눈앞에 손을 얼신얼신해보았습니다. 허공을 쳐다보며 깜박도 안 하는 것뿐이 병이지, 나쁜 곳은 발견할 수가 없었습니다.

"대체 무슨 병이오?"

노인은 근심스럽게 물었습니다.

"네? 그 급성안맹염이라는 병이외다."

"안맹염이라, 어째서 이런 병이 생기오?"

"글쎄, 공기 나쁜 데라도 가보신 일이 없습니까?"

"왜 없어요. 되놈, 더구나 앓던 놈의 집에만 다니니

깐 맨날 공기 나쁜 데만 다니는 셈이지요."

"그 때문이외다."

"넉넉히 낫겠습니까?"

홍 선생은 노인의 얼굴을 보았습니다. 생목숨 끊을 수가 없어서 이러고 다니지 죽어지기만 하면 그것을 달게 받겠다던 그가 아니겠습니까. 한때는 인위적 죽음의 고개를 넘어서본 일까지 있는 그가 아니었습니까? 그렇던 노인의 얼굴에 나타난 공포와 근심은 무엇을 뜻하겠습니까.

'죽음보다도 힘센 것은 주림입니다.'

홍 선생은 물러앉아서 눈이 멀거니 이런 생각만 하고 있었습니다. 5분이 지났습니다. 10분도 지났습니다. 노인은 기다리다 못하여 채근을 하였습니다.

"자, 어떻게든지 고쳐주시오."

고쳐? 이 문제야말로 홍 선생에게는 야단난 문제에 다름없었습니다. 홍 선생이 아직껏 거기까지 도달키를 꺼리는 문제이지만 또한 도달하지 않을 수 없는 문제였습니다.

어떻게 고치나, 안티피린과 위산이 쓸데없을 것은

거듭 말할 필요도 없습니다. 그러면 전기?

전기 또한 댈 곳이 없었습니다. 눈동자에도 전기를 댈 수 없는 것이며, 시신경을 지배하는 머리에다 대어도 나을 것 같지 않았습니다.

"네, 고쳐 드리지요."

대답만 기계적으로 할 뿐 홍 선생은 역시 눈이 멀뚱멀뚱 다른 생각만 하고 있었습니다. 이러다가 세 번을 재촉을 받은 뒤에야 홍 선생은 정신을 가다듬고 머리를 들었습니다.

"네 시재 약을 가져온 것이 없는데 주인에게 가서 지어 보내리다. 어떠리까, 곧 낫겠지요. 그리 걱정 마시고 누워 계시오."

그리고 그는 안경을 한 번 쓰다듬은 다음에 그 집을 나섰습니다.

여관으로 돌아온 홍 선생은 역시 눈이 멀거니 앉아 버리고 말았습니다.

자, 어떡허나. 누른 안티피린과 위산이나 주어버리고 눈을 씻으라고 분산물이나 좀 타주면 그뿐일 것이었습니다. 그리고 그래도 낫지 않는다 하면 시기가 늦었다고 튀겨버리면 문제가 없는 것이었습니다. 그러나 홍 선생에게는 자기를 신뢰하는 동업자, 더구나 만주에 외로이 (밥을 위하여) 떠돌아다니는 동포까지 속이지는 차마 못하였습니다.

도리메(야맹증), 도라호무(트라코마), 풍안, 노안, 가막눈…… 눈의 고장에 대한 몇 가지의 이름이 그의 머리에 왔다 갔다 하였습니다. 그러나 그 몇 가지가 모두 어떤 원인으로 어떤 증세로 나는 것은 홍 선생은 모르는 바였습니다. 더구나 어떻게 고치는지는 모를 바였습니다.

안티피린? 위산? 그는 허공과 같은 머리에 또 물어보았습니다. 그리고 안경을 한 번 쓰다듬은 뒤에 번듯이 자빠지고 말았습니다.

그해 가을도 한 절반 간 어떤 날, 어떤 동리에 들어 갔던 그는 거기 그 쇠몽치 의원이 와 있다는 말을 듣고 그다음 동리로 달아나고 말았습니다. 홍선생의 들은 바에 의지하건대, 그 노인은 눈이 멀고 말았다 합니다. 그러나 지나인들은 오히려 맹의원(盲醫員)이라 하여 더 신비시해서 노인의 영업은 날로 번창한다 합니다.

그 뒤에 홍 선생은 여러 번 그 노인과 마주칠 뻔하였습니다. 그럴 때마다 홍 선생은 몰래 다른 동리로 달아나고 하였습니다.

그때부터 홍 선생의 입에 올라서 버릇이 된 한 가지의 말이 있었습니다.

'인생 도처에 유청산이라더니 인생 도처에 유방해로구나.'

개똥도 약에 쓰려면 없다는 반면에 원수를 외나무다리에서 만난다 하니 사람의 세상은 왜 이다지도 맘대로 안 되는 것입니까. 하늘이 주유를 냈거든 왜 또 공명을 냈습니까. 홍 선생은 그 뒤에 가는 곳마다 맹의원의 이야기를 들었습니다. 그런 때마다 그는 '인생 도처에 유방해'라는 것을 통절히 느끼면서 그 동리를 달아나고 하였습니다.

그해도 다 가고 새해, 만주벌에 눈보라 몹시 치는 날이었습니다. 오후 3시쯤 어떤 동리에 들어갔던 그는 거기 병의원이 와 있단 말을 듣고 곧 돌아서서 다른 동리로 향하였습니다. 다른 동리는 그 동리에서 한 30리 떨어져 있었습니다.

된바람과 함께 눈은 풀풀 얼굴과 온몸에 끼얹었었습니다. 열 걸음 앞이 똑똑히 보이지 않았습니다. 물결과 같이 밀려오던 눈보라가 한 번 휙 지나간 뒤에는 눈앞의 경치가 모두 달라지고 하였습니다. 아까는 언덕이던 곳이 문득 없어지며 또는 이제 있던 평원이 커다란 언덕이 되며…… 넓적다리까지 쑥쑥 빠질 때도 있다가는 어떤 때는 바위 위를 걷는 것같이 굳을 때도 있고…… 휙휙— 무서운 바람소리도 들렸습니다.

홍 선생은 다른 동리로 가기를 그만두려 하였습니다. 그래서 온 길로 다시 돌아섰습니다.

그러나 한참 뒤에 그는 자기가 길을 잃은 것을 알았습니다. 아무리 가야 그 동리조차 발견할 수가 없었습니다.

그는 이마에 손을 대고 바라보았습니다. 눈보라! 그밖에 또 눈보라…… 겹겹이 눈보라뿐이었습니다. 간혹 한순간씩 몇 십 정(町)밖이 보일 때도 있지만 일망무제한 눈의 광야뿐이었습니다. 동쪽도 눈보라, 서쪽도 눈보라, 그밖에 보이는 것은 눈의 광야, 동리나 인가는 어디 붙었는지 알 수 없었습니다.

죽었구나, 어디든지 가지는 대로 가보자 하고 홍 선생은 정처 없이 걸었습니다. 그의 얼굴도 눈과 얼음으로 한 겹 덮였습니다. 수염에만(콧김 때문에) 눈이 없었지 그 밖에는 몸집까지 한 커다란 흰 덩어리로 변하였습니다.

촉각신경은 벌써 감각을 잃어버렸습니다.

눈보라의 광야에도 밤이 이르렀습니다. 그러나 홍 선생은 동리나 인가를 발견하지 못하였습니다. 동으로 서로 남으로 북으로 방향 없이 헤맬 뿐이었습니다. 눈 때문에 그다지 어둡지는 않았습니다. 홍 선생은 이 유명(幽明) 가운데를 헐떡거리며 돌아다녔습니다.

마침내 그의 다리도 말을 듣지 않게 되었습니다. 벌써부터 아랫다리는 말을 안 들어서 넓적다리의 힘뿐으로 걸어다니던 그는 넓적다리도 인제는 말을 안 듣는 것을 깨닫고 그 자리에 주저앉고 말았습니다.

인젠 죽었구나. 몸의 극도의 피곤과 함께 그의 머리

도 극도로 피곤하였습니다. 그는 인젠 죽었다는 생각 밖에는 다른 것은 할 여유가 없었습니다. 뿐만 아니라 그 '죽었다'는 것도 아무 강조나 공포가 없이 어렴풋이 생각되는 그런 종류의 생각이었습니다.

시신경도 인젠 작용을 못하였습니다. 바람 소리가 무섭게 날 터인데 들리지 않는 것을 보면 청신경도 못 쓰게 되었습니다.

'방기몽야(方其夢也) 부지기몽야(不知其夢也) 몽지중우점기몽언(夢之中又占其夢焉) 각이후지기몽야(覺而後知其夢也).'

문득 몹시 똑똑히 이 장자의 한 구절이 그의 머리를 스치고 지나갔습니다.

그는 온몸의 힘과 신경을 모아가지고 팔을 움직였습니다.

이리하여 비상한 노력의 10여 분이 지난 뒤에 그는 전기 안마기에 스위치를 넣어가지고 그것을 가슴에 갖다 댔습니다. 그러나 이만 노력이 무슨 쓸 데가 있겠습니까. 온몸이 차차 녹아오고 마비되어 오는 것을 똑똑히 감각하던 그는(벌써 십오륙 년 전에 동경 어면 전차에서 본 일이 있는)어떤 일본 계집애의 얼굴을 언뜻 보면서 영원한 침묵의 길을 떠났습니다. '인생 도처에 유청산'을 '인생 도처에 유방해'라도 고쳐 가지고 늘 외던 그는 여기서 몸소 '인생 도처에 유청산'이라는 것을 보여주었습니다.

그러나 그의 마지막의 노력으로서 '생'을 얼마간이라도 붙들어 보려던 전기기계만은 애처로운 자기의 주인의 일생을 조상하는 듯이 그 뒤 이틀 동안을 눈 속에 깊이 묻혀서 웅웅 울고 있었습니다.

동자삼16)

1

　재위년수(在位年數) 오십이 년이라는 고금동서에 쉽지 않은 기간을 왕위를 누린 영종(英宗)대왕의 어우(御宇)의 말엽에 가까운 날이었다.

　한강, 노들 강변에 작다란 배가 한 척 떠 있었다.

　그 배에는 상전인 듯한 노인 하나와 젊은 하인 하나이 있었고, 이 긴 여름날을 낚시질로 보내려는 모양으로 노옹은 낚싯대를 물에 넣고 한가히 속으로 풍월을 읊고 있었다.

---

16) 童子蔘

"오늘은 고기가 안 잡히는구나."

"모두 대감마님께서 질겁을 해서 도망했나 보옵니다."

한가스러운 이런 대화를 주고받으면서 고기가 낚시에 걸리기를 기다리던 노옹은, 문득 물로 향하였던 눈을 저으기 들고 건너편을 건너다보았다.

"대감마님! 대감마님!"

"응…."

"고기가 걸렸나 보옵니다."

"응…."

시원치 않은 대답이었다.

대체 낚시질하는 사람으로서 낚시 이외의 일을 주의한다 하는 것은 웬만한 중대한 일이 아니면 못하는 것이다. 분명히 고기가 낚시에 걸렸고 대감께 주의를 시켰음에도 불구하고 대감은 낚시를 잊은 듯이 건너편만 바라보므로, 하인도 의아히 생각하고 건너다보았다.

별것이 없었다. 웬 협수룩한 시골사람인 듯한 젊은이 하나이 강가에 배회할 뿐이었다. 하인은 다른 무엇이 없는가고 두루 살폈으나 시골 젊은이밖에는 아무것도 보이지 않으므로 내심 낙망하고 다시 대감을 찾으려 하였다.

이때에 대감이 비로소 입을 열었다―.

"여봐라."

"네이."

"너 저기 있는 저 배를 타고 건너가서, 맞은편에 강변에 배회하는 저 시골 젊은이의 행동을 숨어서 지켜보아라."

"네이…."

대감의 분부라 대답은 하였다. 그러나 영문은 알 수가 없었다.

"그저 보기만 하고 오리까?"

"오냐. 보다가 그냥 돌아가거던 내버려 두고, 만약 물에라도 빠지려는 눈치가 보이거든 붙들어 오너라."

더우기 영문을 알 수가 없었다.

그러나 이 하인이 익히 아는 바 놀라운 통찰력을 가진 대감의 지휘라, 혹은 무슨 사변이라도 생기지 않을까 하여 배를 하나 저어가지고 강을 건너갔다.

2

이 하인이 대감의 놀라운 안력에 몸서리 친 것은, 그의 탄 배가 겨우 건너편 언덕에 닿을까 말까 할 때였다. 그때 강가에 배회하던 수상한 젊은이는 첨벙하니 물로 뛰쳐들었다.

미리 대감께 분부까지 받았더니만치 하인은 노를 내던지고 물로 뛰쳐들었다.

요행히 하인은 물에 익은 사람이었다. 한 번 솟아서 뻗치고 또 뻗칠 동안 하인은 그 사람의 빠진 곳까지 이르렀다. 그리고 물속에서 솟아오르는 그 사람의 뒷덜미를 움켜쥐었다.

"이게 무슨 짓이야."

하인이 뒷덜미를 움켜쥐고 호령을 할 때에 그 사람은 하인의 손에서 벗어나려고 물에서 몸부림쳤다. 그 사람은 놀랍도록 힘이 센 사람이었다. 하인도 힘깨나 자랑하는 친구지만 힘으로는 그 사람을 당할 수가 없었다.

그러나 장소가 물속이라 물에 서툰 그 사람은, 물에

익은 하인을 당할 수가 없었다. 드디어 철레철레 끄을리어 배에까지 이르러 건너편 대감의 앞에까지 가지 않을 수가 없었다.

―대감은 장단대신(長湍大臣)이라 이름 높던 이종성(李宗城)이었다. 당시의 어지러운 정국을 좋지 못하게 보고 대신을 사면하고 한가히 낚시질로 소일을 하고 있던 중이었다. 은퇴하기는 하였으나, 당시 불리한 입장(立場)에 있던 왕자(思悼世子라 지금 부르는 분)의 심상을 근심하여 감시의 눈을 게을리지 않던 것이었다.

물에 빠져 죽으려던 사람은 드디어 이 정승의 앞에 끄을리어 왔다.

이 정승은 잠시 물끄러미 그 사람을 굽어보고 그 인물을 대강 짐작하여 본 뒤에야 서서히 입을 열었다―.

"웬 사람이라?"

"……."

"음, 내가 실수일세. 나는 장단대신 이종성일세."

이 말에 그 사람을 펄떡 물렀다. 그러나 좁다란 배

안에서 멀리 물러갈 자리가 없었다. 아마 단지 점잖은 늙은이쯤으로 보았던 것이 이 정승인 것을 알고 황공하여진 모양이었다.

"그래 웬 사람이라?"

"소인은 무명 무부(無名武夫)올시다."

"날씨가 아무리 덥기로 옷을 입은 채 멱감으러 들어간담…."

"황공하옵니다."

"무부라 하니 술잔이나 잘 하겠지. 여기 술이 있으니 한잔 하게. 물속보다 술먹는 편이 더 시원하느니…."

이 말만 한 뒤에는 대신은 하인에게 눈짓하여 술을 주게 하고 자기는 다시 낚시를 물에 던졌다.

고요하고 잔잔한 강 — 뱃전에 부딪치는 물소리만 찰락찰락 할 뿐이었다.

3

그날 밤 물에 빠져 죽으려던 사람은 장단대신의 사랑에 손으로 묵게 되었다. 본시 몸이 건강한 무부일 뿐더러 술을 적지 않게 먹은 그 사람은 밤에 곧 잠이 들었다. 깊은 밤 정신모르고 잘 때에 누구가 몰래 그 방에 들어와서 곤히 잠든 그 사람을 흔들었다.

좀체 정신을 차리지 못하였다. 그러나 나중에 심하게 흔들 때에는 아무리 깊은 꿈이래야 안 깰 수가 없었다.

"으―ㅁ."

기지개와 함께 기다린 신음성을 발할 때에, 그의 아직도 잠에 취한 뺨에는 웬 사람의 수염터럭이 와서 문질러졌다.

"여보게, 여보게."

단 두 마디― 그러나 이 두 마디의 효과는 놀랄 만하였다. 그 사람은 펄떡 일어났다. 뒤로 물러났다. 담벽이 막혀서 더 못 갔지 담벽만 없었더면 썩 더 물러갈 것이었다. 꿈결같이나마 들린 음성은 틀림없는 이

댁 대감 장단 대신의 것이었다.

"정신들었나?"

"아이, 대감."

뒤로 더 갈 자리가 없어서 망설이었다.

"조용하게. 내, 할 말과 듣고 싶은 말이 있어서 왔네."

"아—이—밤—깊."

마치 반벙어리였다.

"다른 게 아니라 아까 자네 취한 김에도 한두 마디 하데마는, 어째서 한창 좋은 나이에 물고기 양식이 되려 했어?"

"네…."

"부러 들으러 왔네. 여러 가지 곡절도 있겠기에 남의 이목을 피해서 밤을 타서…."

때마침 우는 닭의 소리. 몇 홰째인지는 알 수 없지만 이런 대가에서까지 하인의 기거도 안 들릴 적에는 자시 축시도 훨씬 지난 모양이다.

"네이…."

"마음에 있는 대로 해보아."

"네이. 다름이 아니오라 청운에 뜻을 두고 고향을 떠나 왔읍더니 세상사가 마음대로 되니 않으와 대감 안목에까지 더러운 꼴을 뵈었읍니다."

무과(武科)출신이었다. 벼슬을 얻어 하려 서울을 올라왔으나 올라온 지 수년에 초사 하나도 얻어 하지 못하고, 대가에 운동하느라고 가산만 탕진하고 인젠 처자를 대할 면목도 없는 위에 먹어갈 도리도 없어서 드디어 마지막 결심을 하였던 것이었다.

그 사람의 말을 잠자코 다 들은 뒤에 잠시를 더 생각하고서 정승은 말하였다―.

"자네가 인제 살아서 벼슬자리까지라도 얻을 수 있다 치면 그게 뉘 덕인가?"

"소인은 감히 바라지도 못합지만 되기만 하면 외람된 말씀이오나 대감 은공입소이다."

"그렇게 된다면 자네는 그 은공을 알아보겠나?"

"대감! 소인은 비록 초초한 무부오나 의리를 잊는 배덕한은 아니올시다."

"맹서라는 것은 입에는 쉽고 행하기는 힘들세."

"소인은 그래도 남아올시다."

이 말에 대신은 다만 고개만 몇 번 끄덕이었다.

4

이튿날 이 무부는 기절할 듯이 기꺼운 일을 당하였다. 대감의 분부로써 편지를 한 장 가지고 병조(兵曹)로 병조판서를 뵈러 갔다. 병조판서는 장단대신의 편지를 뜯어보더니 즉각으로 이 무부를 홍화문 수문장(弘化門守門將)을 시킨 것이었다.

"네."

막으려야 막을 수 없이 눈물이 눈에서 나왔다.

상경한 지 오륙 년, 적지 않던 가산을 다 탕진하고 뇌물을 써가면서 운동하여도 얻지 못하였던 벼슬을, 의외에 갑자기 얻게 된 것이었다. 무부는 너무 감격되고 기뻐서 소리를 놓아 울어서 보는 사람으로 하여금 미소를 금치 못하게 하였다.

그 길로 다시 이 정승을 가 뵙고 감지덕지하여 무슨 말을 할지 몰라서 벙벙거리는 것을 정승도 미소하며 굽어보았다.

"인제는 옷 입은 채 멱감지 않아도 되겠지?"

"대감 은공을 무엇으로 갚소리까?"

"자네는 꼭 갚을 생각으로 있나?"

"대감 말씀은 소인을 욕하는 것이올시다."

"그러면 꼭 갚겠다는 말이지?"

"마음으로는 갚고 싶으옵지만 수, 부, 귀하신 대감께 무엇으로 갚소리까?"

"갚게 될 날도 오겠지."

"그 날이 오기만 하면 소인은 대감의 시키시는 일이라면 무엇이라도 하겠읍니다."

"수화를 피하지 않겠나?"

"이 변변치 않은 목숨이라도 바치겠읍거늘 하물며 수화리까?"

"목숨을 달래도 주겠나?"

"소인이 지금 가지고 있는 것은 소인의 생명이 아니옵고 대감 것이오니 어찌 사양하리까?"

"다짐두네."

"네. 맹서하였읍니다."

사실 의에 굳은 이 무부는 장단대신이 달라기만 하면 결코 생명도 사양하지 않을 지경이었다.

5

이리하여 그는 창경궁(昌慶宮) 홍화문 수문장이 되었다.

당시 이 창경궁 안에는 왕(영종)의 총희 문상궁이, 태중(胎中)이라 하고 피접으로 옮겨 앉아 있는 중이었다. 그리고 만삭이 되었다고 대조(大朝-慶德宮 대궐)로 궁액들이 연락부절하던 때였다.

그러나 세상에는 괴상한 풍설이 돌고 있었다.

문상궁이 태중이라는 것은 말짱한 거짓말이라는 풍설이었다. 당시 왕과 세자의 부자지간의 의가 좋지 못한 기회를 타서, 태중이라 하고 피접하여 있다가 어느 아이 하나를 구해다가 이것을 자기가 낳은 바 왕자라 하고, 장차 세자로까지 책립케 하여, 장래의 왕모가 되어 보려는 흉계에서 나온 음모라는 풍설이 세상에 떠돌고 있었다.

그 만삭이라 하여 대조와 창경궁이 들썩거리는 어떤 날, 홍화문 수문장은 갑자기 장단대신 이 정승에게 불리웠다.[17]

한참을 하인배까지 멀리 물리고 무슨 대감의 분부를 들었다. 대감께 하직하고 나올 때는 수문장의 얼굴도 저으기 긴장되었다.

그 날부터 수문장은 잠시를 홍화문을 떠나지 않았다. 대소변까지도 요강을 내다가 문간에 숨어서 일을 보았지, 문곁을 떠나지 않았다. 하루 세 끼의 음식도 반드시 문에서 먹었다. 어디서 구하여 왔는지 특제의 견고한 쇠를 밤에는 잠그고, 그 열쇠는 꼭 샅에 끼고 잤다. 말하자면 수문장의 눈을 피해서는 벌레 한 마리 창경궁에 들어갈 수가 없었다.

이리하여 나흘이 지난 뒤에 한 개의 음식 담은 계자가 홍화문 안으로 들어가려 하였다.

문에 딱 버티고 섰던 수문장이 가운데 벌리고 나

17) 불리었다.

섰다.

"그게 뭐냐."

"음식계자요."

왕의 총희에게 시종 드는 하인배니만치 수문장 따위는 눈에 두지도 않는 태도였다.

"뉘게 가는 게냐."

뉘게? 참람된 이 말을 책망하는 듯이 흘기며 대답 없이 그냥 들어가려는 것을 수문장은 양팔을 쩍 벌리고 막았다.

"귀가 먹었느냐, 입이 없느냐. 나는 이 문을 지키는 수문장─내 허락이 없이 이 문 출입을 할 분은 지존한 분뿐이시다."

산천이 울리는 우렁찬 목소리였다.

저편은 이 호령에 주춤하였지만 그 뒤는 뽐내는 모양이었다.

"별일 다 보겠네. 안 들이면 돌아가지. 내가 돌아가면 목이 달아날 놈은 누구인가."

그냥 돌아서려 하였다.

그러나 수문장은 돌아서는 것도 내버려 두지 않았다.

"어디를 돌아선단 말이냐. 썩 그 계자를 내려놓아라."

"안 들이면 안 들이지 별 참견 다 하려네."

그냥 돌아가려고 한 발을 내짚을 때는, 수문장의 억센 손이 어느덧 그 어깨를 붙들었다.

"내려 못 놓겠느냐!"

"……."

너무도 호기 있는 호령에 얼혼이 빠진 모양이었다. 어름어름 하였다. 그러나 어름어름 할 동안 차차 얼굴이 창백해 가고 몸과 사지도 우물우물 떨리기 시작하였다.

이것을 보면서 수문장은 칼을 뽑았다. 뽑는 다음 순간은 칼은 음식 산 보자기로 내려쳐졌다. 그 칼을 도로 쳐들 때는 칼에서는 선혈이 뚝뚝 흘렀다.

수문장은 피 흐르는 칼로써 보자기를 들췄다. 그 보자기 속에는 난 지 겨우 이삼 일밖에 되어 보이지 않는 갓난애의, 두 동강이로 난 시체가 놓여 있는 것이었다.

"응, 동자삼(童子蔘)이로구나. 어서 가지고 들어가

거라."

한 마디 획 던지고는 수문장은 문을 비켜 서 주었다.

그러나 그때는 하인들은 벌써 어디로 도망쳤는지 그 근처에는 보이지도 않을 때였다.

"이 정승의 선견(先見)은 참 귀신이로구…."

혼잣말로 중얼거리는 수문장.

6

왕의 총회 문상궁에게 들어가는 음식계자를 막았으며, 그뿐더러 그 하인들을 호령하여 쫓고, 나중에는 칼부림까지 한 죄― 이만한 죄목이면 제아무리 삼공육경이라 할지라도 능지처참은 면할 바이 없을 것이다. 그것은, 일개무명 수문장이 저질러 놓았으니 생명이 몇 개라도 당하지 못할 것이다.

그럼에도 불구하고 이번의 이 사건은 암암리에 삭아버렸다.

문상궁 자신까지도 발을 구르며 호령하였다. 웬 고

약한 놈들이 자기를 모함하려고 그따위 흉계를 꾸미어 낸 것이지, 그것은 자기의 아는 바가 아니라 하고, 그 놈들을 얼른 잡도록 채비하라고 형조에까지 당부가 급급하였다.

단 한 가지 이상한 일은, 태중이요 만삭이라던 문상궁이 해산하지 않고 배가 작아지고 어찌된 셈인지 왕자는 뱃속에서 사라져 없어진 점이었다.

(『野談』, 1940.1)

딸의 업을 이으려

— 어떤 부인 기자의 수기

그것은 내가 ○○사(社)에서 일을 볼 때의 일이니까, 벌써 반 10년이 지난 옛날 일이외다.

그때 ○○사에 탐방 기자로 있던 나는, 봄도 다 가고 여름이라 하여도 좋을 어떤 더운 날 사의 임무를 띠고 어떤 여자를 한 사람 방문하게 되었습니다. 기차로 동북쪽으로 서너 정거장 더 가서 내려서도 한 30리나 걸어가야 할 이름도 없는 땅으로서 본래는 사에서도 그런 곳은 가볼 필요도 없다고 거절한 것이지만, 그 전달에 내가 어떤 귀족 집안의 분규를(아직 신문사에서도 모르는 것을) 얻어내어 잡지에 게재하여 그 때문에 잡지의 흥정이 괜찮았으므로 내 말을 거절하지 못하고 허락하였습니다.

사건은 그때 신문에도 다치키리로 한 비극으로 몇 회를 연하여 발표된 주지의 사실인지라, 특별히 방문까지 안 하더라도 넉넉한 일이지만 그때는 마침 다만 하루라도 교외의 시원한 공기를 마셔보고 싶던 때에 겸하여 함흥까지 가는 친구를 전송도 할 겸 거기까지 가보기로 한 것이었습니다(사실을 자백하자면 신문을 참조해가면서 벌써 방문도 하기 전에 기사까지 모두 써두었던 것으로서 말하자면 이 '방문'이란 것은 무의미한 일이었습니다).

함흥 가는 벗을 기차에서 작별하고 고요한 촌길에 나선 때는 아직 아침 서늘한 바람이 오전 10시쯤이었습니다.

30리라는 길이 이렇게도 먼지, 사실 이리 엉키고 저리 엉킨 전차망 가운데서 길러난 '도회 사람'이란 것은 길 걷는 데 나서면 무능자였습니다. 발이 아프고 다리가 저리고 눈이 저절로 감기고……. 극단으로 말하자면, 나는 구두를 발명한 사람을 몇 백 번 저주하였는지 모르겠습니다. 그리하여 오후 2시쯤에야 겨우 그 집에 이르렀습니다.

그 집이라 하는 것은 〉 모양으로 산이 둘러막힌 구석에 홀로 서 있는 집으로서 앞에는 밤나무와 수양버들과 샘 개울이 흐르고, 뒤로는 산을 끼고 역시 밤나무와 포도넝쿨이 무성히 얽혀 있는 외딴 조그마한 기와집이었습니다. 초라하나마 대문도 달리고 흙담도 있기는 하지만, 모두가 썩어지고 무너져가는 일견 빈집같이 보이는 쓸쓸한 집이었습니다.

　쓸쓸히 닫겨 있는 대문을 열고 들어서매, 이 집에 조화되지 않는 화려한 화단이 뜰을 장식하였고 그 화단에서 꽃을 가꾸고 있던 허연 노인이 나를 쳐다보았습니다.

　"이 댁이 최봉선 씨 댁이오니까?"

　이렇게 묻는 나의 쾌활한 소리에 노인은 의아하다는 듯이 그냥 보고만 있다가,

　"어디서 오셨소?"

하고 묻습니다. 나는 얼결에 서울서 왔노랄까, 잡지사에서 왔노랄까, 주저하고 있을 때에 어두컴컴한 건넌방에 드리운 발이 걷어지며 젊은 여인의 소리가 들렸습니다.

"누구를 찾으세요?"

"최봉선 씨네 댁이 여긴가요?"

"어디서 오셨어요?"

"서울……."

으로 끝을 낼까 어떤 잡지사라고까지 할까 하는 동안에 방 안에 있던 여인이 밖으로 나왔습니다.

"경애 씨 아니세요?"

뜻밖이었습니다. 나는 여기서 내 이름을 아는 사람이 나설 줄은 뜻도 안 하였습니다. 그래서 놀란 마음과 놀란 눈을 그리로 향할 때에, 나는 거기서 나의 소학과 중학의 동창생이었고, 같은 해에 ○○여중학교를 졸업한 최화순을 발견하였습니다. 졸업생들의 자축회를 끝낸 뒤에,

"또 보자."

의 한 마디를 최후로 그 이래 7년을 만나지 못하였던 화순을 보았습니다.

조선 명문의 출생인 그는 그 뒤에 역시 어떤 명문에 시집을 갔다는 풍문을 들었습니다. 그러나 내 밥벌이에 분주한 나는 그 뒤의 그의 거처를 알아보려고도

안 하였습니다. 이래 7년, 서로 종적을 모르던 두 사람이 뜻밖에 여기서 만나게 된 것이었습니다.

"오, 화순, 웬일이에요?"

"들어와요. 어떻게 예까지 찾아왔세요?"

순간에 나는 모든 일을 다 알아챘습니다.

내가 잡지사의 일로 찾아보려던 최봉선이는, 즉 나의 동창생이고 나의 친구인 최화순 그 사람이었습니다. '봉선'은 '화순'의 아명이었고 민적의 이름이었습니다.

사실 의의로다. 나는 이렇게 생각하면서 그이 방에 들어갔습니다.

내가 신문에 발표된 사실을 읽고도, 아직 '봉선'을 '화순'으로는 뜻도 안 하였던 것이 오히려 이상한 일이었습니다. ○○여중학교의 졸업생, 최판서의 딸 미인, 이만큼이나 신문지가 가르쳐주었는데도 봉선이를 즉 화순인 줄 몰랐던 것은 오히려 웬일이었을까. 더구나 그의 아명이 봉선인 줄까지 알던 내가……

아니 거기 대하여서도 상당히 변명할 여지가 있었

습니다.

신문 지상에 발표된 사실은 너무도 엄청났기 때문이었습니다. 내가 잘 아는 최화순이와 신문 지상에 나타난 최봉선이의 사이에는 너무 간격이 있었기 때문이었습니다. 나의 친구 화순의 행동으로는 도저히 믿을 수 없는 일이 신문에 발표되었기 때문이었습니다.

"참, 오래간만이구려."

"몇 해 만이오?"

"7년? 8년?"

"아마, 그렇겐 넉넉히 될 걸."

이러한 인사가 서로 사귀어진 뒤에는 우리사이에는 지나간 옛날의 학생 시대의 추억담이 꽃피었습니다. 꿈과 같고 꿀과 같은 지나간 해의 이야기에…….

그러나 우리들의 이야기는 그 범위에서는 한 걸음도 벗어나지 않았습니다.

학교를 마친 뒤로부터 오늘까지의 생활에 대하여서는, 그도 이야기를 꺼내지 않았습니다. 나도 또한 물어보려 하지도 않았습니다.

왜? 이렇게 물으실 분이 계시겠지요. 내가 여기까

지 온 목적이 무엇이외까. 봉선이를 만나서 그의 이즈음의 생활이며, 또는 세상을 한동안 떠들게 한 그의 시집살이의 말로며를 물어보아가지고 그것을 잡지에 게재하려던 것이 나의 목적이 아닙니까. 멀리 발이 부르트면서 여기까지 온 것은 봉선이의 이즈음의 살림을 들으려 한 것이 아닙니까. 그런 내가 왜 그에게 이즈음의 살림을 물어보려도 안 합니까.

그렇습니다. 나는 그에게 그것을 차마 물을 수가 없었습니다. '봉선'이가 '화순'이와 동일인아라는 것을 안 순간, 나는 신문 지상에 게재된 그의 소위 사실이라는 것이 모두 엉뚱한 오해인 줄을 알았습니다.

거기서 무슨 커다란 착오가 있는 것을 짐작하였습니다. 적어도 무슨 무서운 트릭이 있는 것을 짐작하였습니다.

간통? 화순이와 같이 이지에 밝은 여인이 과연 그런 행동을 할 수가 있겠습니까? 정열적인 사람이면 모르겠거니와, 이지의 덩어리와 같은 하순에게는 절대로 그런 행동은 없으리라고 믿습니다. 더구나 추상같은 엄한 규율 아래서 길러나고 추상같은 엄한 집안에 시집간 그로서, 그런 행동을 하였다고는 화순을 아는 사람에게는 도저히 믿기지 않는 말이외다.

신문 기사에 의하건대, 그는 그런 누명을 쓰고 시집을 쫓겨올 때에도 한 마디의 변명도 안 하였다 합니다. 찾아간 신문기자들은 다만 쓸쓸한 웃음을 볼 뿐 한 마디의 이야기도 못 들었다 합니다. 그리고 그에게 대한 사회의 오해는 이 '무언'에서 나왔습니다.

그러나 이 '침묵'도 그의 성격에서 자아낸 것으로서, 인종이라 하는 것을 인생 최대의 덕이라는 가정교육 아래서 길러난 그인지라 온갖 트릭을 무서운 참을성으로 참아왔을 것이외다. 모든 것은 내가 불초인 까닭이다, 이러한 문제가 일어난 것도 내가 불초인 까닭이다, 이러한 인종적 태도로써 그는 아직껏 참아왔을 것이외다. 그의 초췌한 얼굴은 그가 얼마나 분하고 억울한 것을 참아왔는지를 증명합니다. 온갖 사정을 서로 통할 만한 벗에게도 불평의 한 마디를 사뢰지 않는 그외다.

나는 그의 얼굴을 보았습니다. 이지와 온순으로 아름답게 조화된 그의 얼굴은 몇 해 동안의 인종적 생활에 무섭게도 야위었습니다.

그러한 그에게 이즈음의 그의 생활 혹은 당한 일을 물으면 무얼 합니까.

그는 다만 쓸쓸한 미소로써 대답을 대신 삼을 뿐이겠습니다. 그리고는,

"모두 내가 못난 까닭이지."

하고는 한숨을 내쉴 따름이겠습니다.

"화순, 지난 일은 다 꿈같지?"

한 토막의 추억담이 끝이 난 뒤에 나는 이렇게 그에게 말하였습니다.

"참, 꿈이야."

"다시 한 번 그런 때를 만나보고 싶지 않아?"

"글쎄…… 왜 그런지 외려 난 하루바삐 늙어 죽고 싶어."

그는 한숨을 지으면서 이렇게 대답하였습니다.

왜? 하고 물으려고 하던 나는 입을 닫고 말았습니다. 이야기가 이렇게 되어나가면 저절로 그의 이즈음의 생활에까지 말이 미치겠습니다. 그로서도 그것을 이야기하는 것은 재미없겠지만 나도 또한 그 이야기

가 듣기가 싫었습니다. 아니, 오히려 무서웠습니다. 그래서 나는 서울로 돌아가도록 절대로 이 문제는 다치지 않으려 작정하였습니다.

저녁때 행랑 사람이며 심부름하는 사람이 없는 그는, 손수 저녁을 지으러 부엌에 나갔습니다. 그 기회를 타서 나는 그의 사건이 발표된 신문들을 백에서 꺼내가지고 집 뒤 언덕으로 올라갔습니다. 그리하여 내려다보이는 초라한 뜰에 바가지며 쌀을 들고 들락날락 하는 그를 간간 바라보면서 신문을 폈습니다.

'귀족가 내의 추문.'

'미인의 말로.'

'세 겹 대문 안의 비밀.'

이러한 엉뚱한 제목 아래 그의 사건은 소설화하여 다치키리로 세회를 연하여 게재되었습니다.

그 기사에 의지하면⋯⋯.

봉선이는 재산과 명예를 겸비한 최 판서의 외딸로서 일찍이 어머니는 여의었으나 자부(慈父)의 사랑

아래 길러난 어여쁜 처녀였다. 그러나 온갖 영화는 한때의 꿈이라, 그 집의 가산도 아버지가 어떤 광업에 손을 대기 시작한 때부터 차차 기울어지기 시작하여 그가 ○○여중학교를 졸업한 열여덟 살 적에는 재산보다는 오히려 빚이 많아지게까지 되었다.

그러는 동안에 그가 스무 살 나는 해에 그는 그의 아버지가 판서 시대에 같이 판서로 있던 M가에 시집을 가게 되었다. 이리하여 들에서 자유로이 놀던 아름다운 새 한 마리는 세 겹 대문 안에 깊이 감추어진 '조롱 속의 새'가 되었다.

1년은 무사히 지났다. 2년도 무사히 지났다. 3년, 4년까지도 무사히 지났다. 그러나 한때 들의 넓음과 자유로움을 맛본 '새'는 조롱 속에서 끝끝내 참을 수가 없었다. 조롱에서 벗어나지는 못한다 할망정, 적어도 조롱 속에서라도 어떤 위안을 구하지 않을 수가 없었다.

이더구나 M가의 호협한 기풍을 타고난 그이 남편의 밤낮 요릿집과 기생집에만 묻혀 있고 집안에는 돌아오지를 않으매, 한참 젊은 나이의 봉선은 어떻게

든 자기의 위안을 찾지 않을 수가 없었다.

그러면 어떻게?

몸은 세 겹 대문 안에 갇혀서 자유로이 나다닐 길이 없으니 그는 자기의 위안을 어떤 곳에서 찾을꼬.

금년 정월 초승께다. 달도 없는 침침한 깊은 밤, 혼자 있어야 할 며느리(봉선)의 방에서 뛰쳐나온 한 괴한이 있었다.

명예와 가문을 존중히 여기는 집안인지라, 이때의 일은 그다지 문제가 커지지 않고 스러지고 말았다. M판서의 사랑채까지도 이 소문은 안 나오고 말았다.

또 석 달은 지났다.

봉선의 남편 되는 사람은 어떤 혼이 들었던지 만 3년 만에 봉선의 방에 들어왔다. 밤은 깊어 고요한 삼경에 그는 문득 윗목의 인기척에 펄떡 깼다.

"거 누구냐?"

한 마디뿐, 윗목의 괴한은 문을 박차고 달아났다.

문제는 이에 다시 커졌다. 잠시 꺼지려던 불은 다시 일어섰다.

분규에 분규. 한 달 동안을 위아래 어지럽게 지낸

M집안은 5월 초승께야 겨우 문제가 낙착되었다. 그리고 결과로서는 봉선은 자기 본가에 돌아가지 않으면 안 되게 되었다.

그러나 이때는 벌써 최 판서는 온갖 제 재산을 채권자에게 내맡기고 자기는 ○○군 ○○산 아래 있는 산장으로 홀로 가서 늙은 몸을 외롭게 지내는 때였다. 봉선의 갈 곳은 거기밖에 없었다.

봉선은 그리로 갔다.

머리를 수그리고 외로이 있는 자기 아버지에게로 돌아간 아름다운 새 한 마리. 역시 머리를 수그리고 이를 맞아들인 늙은 명문, 이 두 배우의 장래의 연출하려는 비극은 어떠할까. 우리는 괄목하고 그를 기다리자.

신문 기사 특유의 과장적 동정의 태도로 신문 지상에 나타난 그의 사건은 대략 이러하였습니다.

저녁때부터 흐려오던 일기는 밤에는 보슬비를 내리기 시작하였습니다.

외로운 산촌의 빗소리를 들으면서 봉선이와 나란히 하여 자리에 들어간 나는 곤함에 못 이겨서 어느덧 잠이 들었습니다. 그러나 웬일인지 깊이 잠들지 못하였던 새벽 2시쯤 하여 문득 깨었습니다. 깨면서 나는 보슬보슬 내리붓는 빗소리에 섞여서 나는 젊은 여인의 흐느껴 우는 소리를 들었습니다.

펄떡 정신을 차리며 화순의 자리를 만져보니 거기는 빈 자리뿐이 남아 있었습니다. 가만히 발을 들고 내다보매 화순이는 토방에 놓인 쌀자루에 기대어 엎드려 울고 있었습니다. 외딴 산촌의 빗소리에 섞여서 간간 그의 흑흑 흐느끼는 소리가 소름이 끼치도록 적적히 들립니다.

나는 발소리 안 나게 나가서 그의 뒤로 가서 그의 어깨에 손을 얹었습니다. 그는 한순간 펄떡 놀랐지만 울음을 뚝 그쳤습니다. 그러나 격렬히 떨리는 그의 어깨는 그가 얼마나 힘 있게 울음을 참고 있는지를 증명합니다.

"화순, 들어가요."

내 말을 듣는 순간 그는 억제도 할 수 없는지 소리

를 내어 울었습니다.

"자, 화순 들어가요."

"경애, 먼저 들어가요. 인제 들어갈게……."

"그러지 말구 자, 들어가요."

나는 그를 옆에 끼다시피 하여 들어왔습니다.

"화순 나도 신문에서, 보고 다 짐작했어. 얼마나 분했겠소? 그러나 잘 참았어. 용하도록 참았어."

이전 학교 시대에 200여 명 생도가 교장에게 꾸지람을 듣고 울 때에 혼자서 눈이 말둥말둥 교장을 흘려보고 있던 그였습니다.

"제삼자인 내가 보아도 분한 것을 잘 참았어. 그래도 그때 왜 변명을 안 했소?"

"변명? 그런 일을 꾸며낸 사람에게 변명을 하면 무얼 합니까?"

"그것도 그렇긴 하지만……. 여하튼 대체 그때 일이 어떻게 되었소? 나도 신문에서만 보고 그렇진 않으리라고는 짐작했지만 한 번 자세히 화순의 입으로 이야기해주어요. 나는 지금 어떤 잡지사에서 일을 보고 있는데, 다시 한 번 문제를 일으켜서 그런 고약한 사람……."

"그만두어요. 세상이 다 잊으려 할 때 다시 그런 일을 떠들쳐 내면 무얼합니까. 한 달만 지나면 세상이 다 잊어버릴 일을……."

"그래도 분하지 않아요?"

잠깐 그치려던 그의 울음은 다시 폭발되었습니다.

"자, 그러지 말고 그 이야길 한 번 자세히 해봐요."

잠깐 침묵이 계속되었습니다.

"아직 아버님께두 말씀 안 드렸지만 죽기 전에 언제든 할 말을…… 자, 경애, 들어봐요."

그의 남편 P생(生), 화순과의 결혼이 재혼이었습니다. 전 마누라를 무식하다는 핑계로 쫓아버리고 그 뒤에 얻은 화순인지라, 처음에는 의가 썩 좋았습니다. 신문지가 몇 번을 연거푸 부른 '세 겹 대문' 안에도 향기가 있고 사랑이 있었습니다.

그러나 유전적으로 방탕함을 타고난 P는 한 1년 뒤에는 마침내 방탕한 놀이를 시작하였습니다. 그리하여 방탕에 재미를 본 P는 방탕을 시작한 지 반 년쯤 뒤에는 안방에는 얼씬을 안 하게까지 심하게 되었습니다. 잠깐 안사랑에서 점심을 먹고는 다시 뛰쳐나가서는 이튿날에야 또 들어와서 점심을 먹고…… 이리하여 화순과는 대면 할 기회조차 없었습니다.

그러나 화순은 아무 말도 안 하였습니다.

"그 지아비에게 거역하지 마라."

이러한 말을 몇 천 번이나 아버지에게 들은 그는 절대로 침묵하였습니다.

"이것도 역시 처도(妻道)겠지…… 이렇게 마음먹고 억지로 화평한 낯을 하고 있었어요."

그는 이렇게 말하였습니다.

그러나 어떤 날 그의 시어머니가 그를 불러가지고 아들의 방탕을 좀 말리라고 명하였습니다. 그 말을 듣고 그날 밤 그는 밤새도록 생각하였습니다.

'시기는 여인 최대의 죄악이라.'

이러한 교훈을 아버지에게 받은 그로서는 남편의 방탕을 책할 용기가 없었습니다. 그러나,

'시부모의 말을 거역하지 마라.'

한 아버지의 교훈도 또한 잊지 않은 바였습니다. 그리하여 밤새도록 생각한 결과 자기는'시기 많은 여편

네'로 보일지라도 시어머니의 말을 복종하여 남편을 책하는 것이 M가의 며느리로서의(집안을 생각하고 시어머니의 명령에 복종하는) 가장 적당한 일이라 결심하였습니다.

그리하여 안방에는 들어오지 않으므로 만날 기회도 없는 P를 어떻게 만나서 권고를 하였습니다. 그것을 힐끗 본 P는 그 달음으로 나가서 열흘 동안을 집에 돌아오지 않았습니다.

집안 차인이며 남복여비(男僕女婢)가 모두 나서서 그를 어떤 기생집 아랫목에서 찾아온 때는, 그는 갑자기 화순이와의 이혼 문제를 끄집어냈습니다.

그리고 그 핑계는 시기 많은 여편네는 가풍에 맞지 않는다 하는 것이었습니다.

그 이튿날 화순이는 시아버지에게 불려서 한 시간 이상을 시기라 하는 데 대한 강설을 들었습니다. 자기는 결코 시기로써 그런 것이 아니라 시어머니의 명령으로 그랬노라고 대답을 하고는 싶었으나 이러한 일로 조금이라도 집안에 분규가 일어나면 그 책임자는 자기인지라, 그는 다만 이후에는 다시 그러지 않겠습니다고 사과를 하고 나왔습니다.

그러나 며칠 지난 뒤부터 시어머니의 눈이 괴상히 빛나기 시작하였습니다.

시어머니도 차차 며느리를 적시하게 되었습니다.

이다만 한 사람 믿고 온 남편과 집안 안의 모든 일을 다스릴 시어머니에게 밉게 보인 그는 그래도 모든 일을 모른 체하고 온순과 인종을 푯대 삼고 나아갔습니다. 그저 참자. 이것이 처도이고 부도(婦道)이고 동시에 여도(女道)겠지. 이러한 신념으로 그는 모든 일을 참았습니다. 트집 잡힐 일만 없으면 그뿐이 아니냐, 이러한 마음으로 모든 일을 웃는 낯으로 지내왔습니다.

이리하여 2년이라는 날짜가 지났습니다.

어떤 추운 겨울날, 삼월이라는 종과 둘이서 자고 있던 그는 문득 인기척에 펄떡 깼습니다.

"누구야."

이 한 마디에 어떤 괴한이 윗목 문으로 뛰어나갔습니다. 그는 곧 삼월을 깨워가지고 나가보았지만 아무도 없었습니다.

그리하여 이 일은 아무도 알 사람이 없었을 터인데 그날 저녁에 삼월이가 들어와서 하는 말에 의지하건대, 어젯밤의 일이 벌써 뭇 종년놈들에게 소문이 퍼졌으며 그 말의 근원은 노마님인 듯싶다는 것이었습니다.

화순은 모든 일을 다 직각하였습니다. 아무리 찾으려 하여도 화순에게서 트집을 찾아내지 못한 시어머니(혹은 남편)는 화순에게 누명을 씌워서 그것을 트집 삼으려 한 것이었습니다. 그러나 괴한의 뛰쳐나가는 것을 직접 본 사람은 하나도 없는지라 이 문제는 이삼일 뒤에는 삭아지고 말았습니다.

또 석 달은 지났습니다.

아직껏 4년 동안을 얼씬도 안 하던 그의 남편이 4년 만에 그의 방에 들어왔습니다.

그날 밤 이상한 흥분으로 깊이 잠이 못 들던 그는 또 윗목의 사람기에 놀라 깼습니다.

윗목에는 확실히 어떠한 '사람'이 있었습니다. 그 사람은 잠 깨기를 재촉하는 듯이 헛기침을 컥컥 뱉었습니다.

화순은 몸을 와들와들 떨었습니다. 무서운 트릭이었습니다. 먼젓번에는 확증이 없기 때문에 실패에 돌아간 그들의 계획은 다시 중인 입회하에서 실행된 셈이었습니다.

남편은 곤한 잠에서 깨는 듯이 눈을 떴습니다.

그 뒤의 일은 간단하외다. 어지러운 문제가 일어나고 그 결과로는 더러운 이름 아래 본가로 쫓겨가고…….

그 이튿날.

"간간 편지해요."

하는 말과 적적한 웃음으로 화순의 전송을 받고 서울로 돌아온 나는 얼마 동안 사의 일로 분주히 왔다 갔다 하느라고 화순의 일을 생각할 틈이 적었습니다. 그리하여 반년이 지난 뒤에 뜻밖에 화순의 부고를 받았습니다. 깜짝 놀라서 사에는 이삼 일 여행을 간다고 전화를 한 뒤에 기차로써 화순의 집에 달려갔습니다.

조선 가장 명문의 전형인 허연 수염과 싯누런 살빛

과 곧은 콧날을 가진 화순의 아버지는 마루에 걸터앉아서 정신없이 뜰만 바라보고 있다가 내가 곁에까지 간 때에야 처음으로 머리를 들었습니다.

"선생이 박경애 씨요?"

그는 느릿느릿한 말소리로 묻습니다.

"네."

"늦었소. 오늘 아침 장례를 지냈소."

"한데, 웬일이에요? 참!"

그는 천천히 일어서서 안방에 들어가서 무슨 편지를 하나 내어다 내게 줍니다. 그것은 나에게의 화순의 편지였습니다.

"그저께 밤이오. 나도 늙은 몸이라 잠이 늦은데, 이즈음 맨날 잠을 못 들어서 애들 쓰던 그 애네 방에서 그날 밤은 기침 소리 한 마디 없지 않겠소? 하 이상해서 건너가보았구려. 그 방엔 아무도 없어. 그래서 성냥을 켜가지고 보니깐 편지 두 장이 있습니다. 한 장은 내게 한 게고 한 장은 선생께, 그……. 편지를 보니깐 중이 되려 떠나노라고 그랬겠지요. 나도 늙은 몸이 외롭긴 외롭소. 그러나 젊은 청춘에 맨날 잠도 못

자고 밤중에 간간 소리를 내어서까지 울던 그 애 처지를 생각하면, 이제 몇 해를 더 못 살 나는 외롭든 어떻든 중이라도 되어서 자기 마음이라도 편안해지면 오죽 다행이 아니오? 그래서 내버려두었구려. 그랬더니 이튿날 아침, 촌사람들이 그 애 시체를 앞 개울에서 건져 왔소."

이것이 외로운 노인의 한숨과 같이 하소연한 화순의 최후였습니다.

"선생, 선생은 부모가 다 생존해 계시우?"

"불행히 일찍 여의었습니다."

"불행히?"

그는 허연 수염을 쓰다듬으면서 한숨을 지었습니다.

"선생께는 불행일지 모르나 다 늙은 뒤에 자식을 잃는다는 것도……."

그날 밤 나는 화순의 이전 거처하던 건넌방에서 묵었습니다.

밤이 깊어서 잠깐 깨어 뜰에 사람의 걷는 소리가 나기에 내다보니 달빛이 밝에[18] 비추는 가운데 서리 맞아서 시들어진 화단을 두고 노인은 뒷짐을 지고 거닐고 있었습니다. 달빛 때문에 은빛으로 빛나는 수염을 가을바람에 휘날리면서……

새벽에 다시 깨어보니 그는 그냥 거기를 거닐고 있었습니다. 무거운 기침소리가 간간 들립니다.

이튿날 저녁 서울로 돌아올 때에 그는 전송으로 10리나 따라 나왔습니다.

"들어가세요."

하면, 그는,

"무얼, 집에 돌아가야 일도 없는 사람이오."

하면서 그냥 따라왔습니다. 그러나 나는 그 말의 반면에 '집에 돌아가야 기다릴 봉선이도 인젠 없소'라는 것같이 들려서 처량하기가 짝이 없었습니다.

이긴 언덕 하나를 올라와서 그 마루에서야 그는 떨어졌습니다.

"안녕히가시오."

"그럼, 인젠 돌아가십시오."

이러한 인사로 작별하고 나는 그 긴 언덕을 다 내려

---

18) 밝게

와서 돌아다보았습니다. 그는 그냥 그 언덕마루에 서서 이마에 손을 대고 한없이 서편 쪽을 바라보고 있었습니다.

한참 더 오다 돌아보매 그냥 붉어가는 서편 하늘에 그의 그림자가 조그맣게 보입니다. 그가 이마에 손을 대고 돌아보는 쪽에는 그의 가장 사랑하던 딸이 묻혀 있는 묘지가 있습니다.

서울로 돌아와서 여전히 잡지사의 일을 보던 나는 그해도 다 가고 새해가 된 정월 그믐께 뜻밖의 사람의 방문을 받았습니다. 그것은 화순의 아버지 최 판서였습니다.

그는 들어와 앉아서도 아무 말도 없었습니다. 이리한 10분 동안이나 아무 말도 없이 앉았던 그는 머리를 들었습니다.

"나는 떠나오."

나는 그 말이 무슨 말인지 몰라서 다만 그를 쳐다보았습니다.

"나는 떠나오."

"어디로 말씀이외까?"

"봉선이가 되려다 못 된 중을 내가 되려구 떠나오."

그 뒤에는 또 침묵.

전등이 켜졌습니다. 동시에 그는 얼른 손수건으로 눈물을 씻었습니다.

"참, 늙으면 할 수가 없어. 조금만 추워도 눈물이 나구. 허허허허."

그는 적적히 웃었습니다. 그러나 그것은 엉뚱한 거짓말이었습니다. 몹시 추위를 타는 나는 방을 여간 덥게 안 하매 추워서 눈물이 난다는 것은 거짓말로서 그의 눈물은 딴 의미의 눈물일 것이었습니다.

좀 있다가 그는 일어서며,

"인연 있으면 다시 만납시다."

하고는 초연히 가버렸습니다.

그때부터 반 10년, 그의 소식은 없어지고 말았습니다.

뒤에서 오는 사람의 말을 들으면 그는 혁명당의 괴수가 되어 있단 말이 있습니다. 지금 세상에서 떠드는 ○○단의 수령이 그이라 합니다.

어떤 사람의 말을 들으면 구월산에서 최 판서와 흡사한 중을 보았다 합니다. 그러나 어느 말을 믿어야 할지 그것은 알 수 없는 일이외다.

나는 이러한 소문을 들을 때마다,

'늙으면 할 수가 없어. 허허허허.'

하면서 눈물을 씻던 그를 생각합니다. 그리고 그럴 때마다 내 눈에서도 또한 눈물이 나오려는 것을 막을 수가 없습니다.

그는 과연 살아 있나. 살아 있어서 어떤 사람의 말과 같이 중이 되었나.

혹은 만주의 넓은 혁명당의 수령으로서 활동을 하고 있나.

'인연 있으면 다시 만납니사.'

하던 그의 마지막 말은 쟁쟁히 내 귀에 남아서 떠나지를 않습니다.

망국인기

작년(1945년) 초가을이었소.

소위 '적당한 시기에 한국인에게 독립을 허여한다'
는 카이로와 포츠담의 결의의 '적당한 시기'라는 것
을 '우리 땅에서의 일본인의 전퇴'쯤으로 해석하고
'일본의 항복'과 '연합군의 조선 진주'를 진심으로 기
뻐하고 환영하던 그 무렵이었소.

전쟁 통에 소위 '소개'라 하여 16년간 살던 집을
없이하고, 공중에 떠 있던 나와 나의 가족들은, 이
기꺼운 시절에, 몸 의탁할 근거(주택)를 마련하느라
고 쩔쩔매고 돌아갔었소. 가뜩이나 주택난에 허덕이
는 경성 시내에서, 더욱이 독립한 내 나라를 찾아 돌
아오는 많은 귀환인이며 전쟁에 밀려서 시골에 내려

갔다가 도로 서울로 돌아오는 사람들이며, 독립한 내 나라 수도를 사모하여 몰려드는 무리며 등등으로, 서울의 주택난은 과연 극도에 달하여 있었소.

이러한 비상한 시절에, 집을 구하려 하니 좀체의 일이 아니었소. 돈이나 넉넉하면 그래도 돈의 위력으로 우겨볼 것이요 무슨 다른 튼튼한 배경이라도 가졌으면 배경의 힘으로라도 운동해보련만, 아무 배경이며 힘을 못 가진 가난한 소설가로, 곁눈질도 하지 않고 단 한길을 47년간 걸어온 나는, 손톱눈만한 협력을 바랄 길도 없이, 흥분과 혼란으로 웅성거리는 이 도시에서 주택 한 채를 구해보려고 돌아갔었소.

오늘은 어제보다 내일은 오늘보다 나날이 주택 문제는 긴박의 도수를 더해가며, 집은 좀체 손안에 들어오지 않고, 엄동은 차차 가까워오고…… 가족 일곱 명의 가장으로서, 가족의 몸을 눕힐 안주처를 못 마련한 나의 책임은 여간 급하고 무겁지 않았소.

8월 보름에서 9월로 10월로, 11월로 엄동은 목전에 임박했는데, 주택 문제는 해결되지 않고…… 과연 딱하고 급하였소. 이제 수일 내로 집 문제를 해결하지 못하면 비상한 수단을 쓰지 않을 수 없게 되었소. 그 비상한 수단이란, 즉 가족의 이산이오. 가정이라는 한 집 단체를 헤치고, 나는 나대로, 아내는 아내대로, 아이들을 나누어 맡아가지고, 각각 여관이나 하숙이나 셋 방이나를 얻어가지고, 헤어져서 사는 것. 주택이 없으매 가정을 이룩할 수 없고, 가정이 없으매, 이렇게 살 수밖에 없을 것이오.

이렇게 되면 과연 크나큰 비극이오. 나라가 해방되었다고 서울로 돌아와보니, 내 나라 서울은 내 가족 하나를 포용할 수가 없는가.

46년의 전생을 아무 야심도 없이 허심탄회 오직 소설도에만 정진해왔고, 지금 천하가 모두 정치적 야망이거나 매명적 야망이거나 모리적 야망에 뒤끓는 판국에서도 그런 데서는 멀리 떠나서 다만 내 가족이 몸을 쉬고 또는 조용히 앉아서 글 쓸 만한 집 한 채를 구하고자 하는, 말하자면 지극히 담박한 욕망이거늘, 이 욕망 하나도 이루어지지 않는 사정이 진실로 딱하고 한심스러웠소.

시절도 인젠 엄동이 들어섰고, 집은 마련하지 못하고

하릴없이 가족 이산의 비극적 각오를 한 그때였소.

이런 고마울 일이 어디 있으리오. 군정청 광고국장으로 있는 ○씨가, 이내 딱한 사정을 어디서 듣고, 매우 동정해주었소.

"저 김동인이는 내 평소에 가까이 사귄 일도 없고, 나는 문학이라는 것에는 전혀 문외한이다. 그러나 나는 이런 일을 안다. 즉 그 김동인이는 과거 50년간 단 한 가닥의 길(영리 행위가 아닌)만을 걸어왔고, 더욱이 최근 한동안은, 조선어 사수를 위하여 총독부 정보과와 싸우고 싸우고, 8·15 그날까지도 이 일로 싸워온 사람임을, 조선이라는 국가가 있고, 그 국가에서 과거의 공로자에게 어떤 보상을 한다 하면, 마땅히 김동인이에게는 어떤 정도의 보상이 있어야 할 것이다. 지금 해방되었다는 이때, 집 한 칸 없이 가족이 이산하게까지 된다면 이것은 도리가 아니요 대접이 아니다. 광공국(鑛工局)에서 일본인의 사택을 접수하여서 가지고 있는 것이 100여 채가 있다.

국가 보상으로서 집을 거저 주지는 못하는 우리의 애달픈 처지나마, 그 광공국 접수 사택 중에서나마 마음에 드는 집이 있거든 한 채 골라 가지라자.

집세를 내는 셋집이나마, 집 없을 때는 이것도 '없는 것'보다는 나을 것이요, 우리의 환경이 현재 이 이상은 할 수가 없으니, 이만한 것으로나마 미의(微意)를 표하자."

얼마나 고마운 말이었으리오. 일가 이산도 안 하게 되었소. 엄동을 지붕 아래서 지낼 수 있게, 그리고 가족이 함께 오붓하게 지낼 수 있게 되었소. 그러나 그런 것보다도 반갑고 고맙고 감격되는 것은 ○씨의 그 대접이었소.

세상에 하고많은 직업 가운데서, 소설 쓰는 것을 직업으로 택해 가지고 이 길에 정진하기를 1918년부터 오늘(1945년)까지 무릇 28년…… 30년에 가까운 세월을, 산업을 모르는지라 어버이에게서 물려받은 유산은 삽시간에 탕진하고, 가난한 살림을, 가난하기 때문에 받는 온갖 고통과 불만과 수모를 받아오며, 그래도 이 길만을 지켜온 나였소. 가난한 데서 생기는 수모, 소설쟁이라는 데서 생기는 수모…… 하도 받았는지라, 인제는 수모도 그다지 역하지도 않도록 면역은 되었지만…… 받았소…… 받았소. 가족에게 까지 형제에게까지 …… …… 심지어는 내게 돈을 지불해야 할 출판업자에게까지 또는 책 장사에게까지. 이러한 가시의 길을 밟으면서도, 나는 다른 직업으로 전향할 줄을 몰랐소. 명예나 공명을 위해서가 아니었소. 더구나 돈을 위해서도 아니었소.

조선 문학을 건설한다든가, 문학도를 위해서도 아니었소.

그저 하고 싶은 일이니 하였을 뿐, 무슨 다른 욕구라든가 의도 혹은 목표가 있어서 한 바가 아니었소. 그런지라, 수모를 받아도 '할 수 없는 일'이라고 단념했고, 결코 누구에게 찬사를 듣자든가 사례를 받자든가 하여서가 아니니만치, 그저 허심탄회일 뿐이었소. 찬사를 안 바친다고 나무라지도 않았고, 관심 안 해준다고 섭섭하지도 않았고, 해방된 아침에 집 한 칸 안 주는 무정한 국민이라고 불평도 가져보지도 않았었소.

내가 내 과거 30년간의 문학 생활에 대하여 이만치 무관심하였는데, 지금, 문학과는 전혀 인연이 없고 평소에 가까이 사귀지도 않은 ○씨에게서, 나의 과거의 문학과 조선어에 대한 공적의 대상으로, 조선인의 한 사람으로 이런 호의를 보인다 하니, 어찌 눈물나도록 고맙지 않겠소? 더욱이 눈앞에 막혀 있던 큰 문제가 '문학 공적에 대한 사례로'라는 명목으로 무사히 해소가 되었으니…….

1918년…… 장차 많은 수모를 받으려는 의도는 물론 아니요 또는 무슨 매명적 의도도 아니요, 단지 막을 수 없는 영적 욕구 때문에 문학의 길에 손을 붙인 때는 과연 이 땅은 문학에서는 '황야'였소. 농부가 화전을 갈려 가래와 삽을 둘러메고, 전인미도의 깊은 산곡에 들어선 것과 마찬가지의 가시밭.

우선 소설을 쓰려면 소설은 '글'로 조성된 것이라, 소설 용어와 용문(用文)이 있어야 할 것이오.

반만년의 민족 발전사를 가진 우리 민족이매 물론 우리 민족 용어, 즉 조선어는 있었소. 그러나 괴상한 사대주의의 영향으로 이 광휘 있는 '조선어'와 '조선문'도 정상으로 발전되지 못하고 한문에게 압박되어 겨우겨우 그 명맥만을 유지해오던 비참한 현상이라, 많은 어휘를 자유자재로 구사하여서야 비로소 표현할 수 있는 조선 글 소설을 쓰려면, 다시 파고 헤치고 갈고 씻고 하고서야 비로소 될 것이오.

'양주(楊州)에 부인(富人)(오방어(吳防禦)) 거춘풍루측(居春風樓惻)하야 여환담군(與宦談君)으로 위린(爲隣)하야 운운······.'

우선 위와 같은 재래에 글투에서 벗어나서 구어체의 문장부터 확립을 해야 할 것이오.

국초 이인직이라는 한 귀재가 생겨나서, 한 껍질 벗겼소.

'압다. 아모 염려 말고 가서 내 말대로 하게. 그리고, 걱정 말게. 자네 내외 두 식구쯤이야 어떻게 못 살겠나······ 그 소리 한 마디에 강 동지가 일변 대답을 하며 밖으로 나가더라. 김 승지가 춘천집이(필자 주: 김 승지는 주인이요 춘천집은 그 첩이요 강 승지는 첩 장인이다) 왔다는 말을 들을 때에 겹에 띄운 마음에 제 말만 하느라고 운운······.'

이만한 정도로 구어체 조선어까지는 발전이 되어

있었소.

국초의 뒤에, 춘원 이광수가 나타나서, 『윤광호』, 『무정』, 『개척자』 등의 소설을 연해 써서 발표하여 문장의 구어화며, 조선어에 의지한 새로운 표현 방식이며 구어체의 미화 등에 큰 공적을 세우고 불멸의 탑을 세웠소.

그러나 아직 춘원의 문장에도 그냥 재래의 티가 적지 않게 남아서, '이러라', '이더라', '하더라' 등은 그냥 소설용어로 썼소. '이러라', '하더라' 등은 구어체로 여겼는지도 모르겠소.

1919년 2월, 우리 몇몇 동지가 문예 잡지(『창조』)를 간행할 때에야 비로소 우리는 '이러라', '하더라', '이라' 등도 문어체의 잔재라 하여 일축하고 '했다', '이다', '이었다' 등이라야 비로소 구어체라 용인했소. 춘원도 처음에는 '이러라'투를 그냥 많이 써왔는데, 뒤에 그것이 없어지고 구어체로 순화된 것을 보면, 역시 일거에 순구어체화할 용기가 부족하였던 모양이었소.

지금에 앉아서 보자면 혹은 변변찮고 작다란 일이

랄지 모르오. 그러나 반 만 년의 전통을 깨뜨리고 '소설 용어'로는 순구어체만을 용인한다 하는 이 과단은 그리 작은 일이라고 결코 할 수 없을 것이오. 소설을 순구어체화하기 위하여 2년간을 구어체 문장도(文章道)의 연구를 쌓았으며, 이런 것은 지금 소설의 길에 나서 있는 사람들이 밟아보지 않은 가시의 길이었소.

또 소설을 쓰는 데 한 큰 문제는 우리말에는 없는 'He', 'She'의 대명사 문제였소. 소설을 씀에 절대로 필요한 여성의 대명사를 어찌하는가. 우리말에는 없는…….

1919년 이전의 춘원의 소설을 보자면 특수한 예외를 제하고는 모두 대명사를 안 쓰고 이름− 고유명사를 사용하였소. 도대체 우리나라 말에 적당한 어휘가 없으니 할 수 없는 일일 것이오.

He나 She를 정확히 우리말로 옮기려면 물론 '저 사내', '저 여인'으로 되어야 할 것이오. 그러나 이런 거추장스러운 어휘로 소설을 쓰려면 소설가의 영원한 고통이 될 것이오. 이 길을 개척하는 사람이 가장

정당하다고 믿는 어휘를 지어내어 후인에게 제시하고 비판을 받아야 할 것이오.

'그'라는 대명사를 여기 맞추기로 마음먹기까지는 적지 않은 습작과 휴지를 낸 뒤였소. 성적으로 남성과 여성의 구별까지는 보류하고, He나 She를 모두 몰아 '그'로 하기로······.

지금 글 쓰는 사람 누구가 이러한 대명사 하나에 손톱눈만한 고심이나 주저를 하면서 쓰는 사람이 있으리오. 가장 쉽게 가장 자연스럽게 '그는 여사여사하고', '그는 이러이러했고'라고 쓰고 있지만, 이 간단한 한 자를 국민 앞에 내놓기까지에는 적지 않은 주저와 고심이 있었던 것이오.

그래도 처음 한동안은 '그'에 대하여 불만을 품은 사람이 있어 '빙허 현진건' 같은 이는 '궐', '궐녀' 등으로 한동안 썼고, '천원 오천석'은 '저', '저 여인' 등으로 써보았지만 지금은 거진 '그'로 표준이 서고 통일이 된 모양이오.

표현에 있어서, 동사의 과거사화도 어려운 문제의 하나였소.

'김 군은 일어선다. 모자를 쓰고 밖으로 나간다.'
하는 현재사와,

'김 군은 일어섰다. 모자를 쓰고 밖으로 나갔다.'
하는 과거사의 두 가지를 놓고 비교해보자면, 그 실재미에 있어서 어느 편이 더 현실적인지 거듭 말할 필요도 없을 것이오. 그러나 지금도 아직 현재 사로 쓰는 작가가 적지 않은 형편이다. 30년 전인 그때는 전혀 뒤죽박죽이었소. 대체 현재사와 과거사가 독자에게 있어서 달리 감수되는지, 이 점을 이해하는 사람조차 적은 형편이었소. 춘원의 『무정』, 『윤광호』 등을 보아도 현재사와 과거사가 꼭 반반으로 씌어 있는 형편이오.

이러한 판국에서, '이었다', '이었었다' 등을 혹은 캐내고 혹은 발명하여 소설 용어로 쓰던 고심.

'깨달았다', '느꼈다' 등의 야릇한 형용사를 처음 써볼 때의 주저와 의혹.

이 고심은 전연 보수 없는 고심이었소. 애초 보수를 바라지도 않았거니와, 누구를 혹은 어느 민족을 위하여 한 노릇이 아니요 자신의 욕구, 자신의 욕망에서 우러나와서 한 노릇이라 무슨 야망이든가 야심은 전혀 없는 일이었소.

그런지라, 그래도 나의 밟은 길이 옳다 인정되어 뒤따르는 사람이 생기고, 이 길에 의지하여 조선 문학이 움돋아 자라는 것을 볼 때에 다만 감격되고 기쁠 뿐이오.

어찌 여상의 것뿐이겠소? 반 만 년간 덮어두었던 뚜껑을 열어젖히고, 지금의 세태에 맞을 한 개의 길을 터놓는 것이니, 1에서 10까지나 모두 신발명이요 신창안뿐이었소. 국초며 춘원 등의 전인이 얼마만치 첫 가래는 넣어놓았기에 말이지 그나마 없었더라면 어쩌하였으리오.

훼방과 멸시와 박해와 방해 가운데서, 가시의 길 30년, 다른 훼방쯤이야 내 신념이 있으니 개의할 바 아니지만, 조선총독부 검열계의 방해만은 진실로 딱하였소. 다른 훼방은 단지 훼방에 그치지만, 총독부의 방해는 '박멸을 목적으로 한 방해'였으니 게다가 박멸할 권한도 가진 사람의 박해니 가장 아팠소.

이런 가시의 길 30년을 지나서, 지금은 그래도 문장

에도 틀이 섰고, 표현 방식에도 틀이 섰고, 내가 개척한 길은 조선 소설도의 한지표가 되어, 빈약하나마 차차 자라는 광경을 바라보면, 스스로 가슴 무득히 일어나는 기쁨을 금하지 못하오. 그리고 이것으로 나는 충분히 보수를 받았거니 하고 있소.

이리하여 영영공공 남의 비웃음, 멸시를 오불관언의 태도로 걸어 나올 때에, 무서운 강력한 박해가 튀어져 나왔소. 소위 조선총독부 '내선일체 운동 강화'와 '국어(일본어) 보편화'와 '조선어 박멸 운동'이었소.

위정 당국의 지휘가 있고, '체'하는 젊은이가 꽤 많은 사회 상태라, 이 위정 당국의 방침은 비교적 순순하고 활발하게 진척되었소. 소위 국어화 운동 관청이며 회사는 물론이요 상점이며 가게의 흥정에, 전차 차장 운전수며 내지 길 가는 사람에게 길을 묻는 데까지 일본말로…… 시골은 모르지만 도회는 일본인의 거리인지 조선인의 거리인지 분간하기 힘들 만치 일본어화한 세상으로 변해갔소.

조선말이 있고서야 조선 문학이다. 조선말 없이 조

선 문학, 조선 소설이 어디서 존재할 수 있으리오. 이야말로 그사이 20년간 길러온 조선 소설도의 구할 수 없는 재난이었소.

이 당국의 방침에 따라서, 문자들 가운데도 연해 일본말로 쓰는 사람이 생기고 늘고 일본말로 안 쓰는 사람은 뒤떨어진 사람이라 비웃는 무리까지 생겼소.

당국에서는 혹은 권고로 혹은 명령적으로 '문단 국어화'를 강행하고 진척시켰소.

어떤 이름 있는 작가는, 자기는 일본말에 자신이 없기 때문에 자기가 원작하여, 일본말 잘하는 친구에게 부탁하여 일어로 번역하여 발표하는 등의 구차스러운 비극까지 연출하였소.

당국에서는 내게도 권고…… 마지막에는 위협적 태도로까지 일본말로 쓰기를 육박하였소.

그러나 나는 그냥 조선문을 고집하였소. 이 고집에 대하여 당국은 보복 수단으로 내 글을 덮어놓고 삭제, 압수, 불허가 처분을 내렸소. 오래 글 써온 사람이라는 관록에 대한 체면상 세 편에 한 편쯤이나 허가되었지, 조선문에 의지한 문학 생활은 내게는 봉쇄되

없소.

한 번은 무슨 소설 한 편을 검열을 넣었더니 며칠 뒤 호출이 왔소. 그래 갔더니 내 원고를 내놓고, '여기에 이렇게 고쳐라', '여기는 이렇게 고쳐라' 등등 주의가 있으므로, 그 작품의 생명에 영향이 없는 한도 안에서, 지시하는 대로 고치고 돌아왔소.

그 뒤 아무리 기다려도 출판 허가 통지가 없으므로 궁금해서 가 보았더니,

"매우 좋은 작품이다. 이런 좋은 작품은 국어(일어)로 번역하여 널리 내 지인에게도 읽히도록 다시 번역해서 허가원을 제출하라."

하는 것이었소. 나는 번역할 만한 어학력이 부족하다는 핑계로 거절했더니, 열다섯 살부터 동경에서 공부하고, 중학과 전문학교를 동경에서 마치고서 그만 것을 번역 못한다는 것은 말이 안 된다. 만약 정 못하겠으면 남에게 부탁하여 번역하라는 것이었소.

번역료를 주고라도 번역시키라 하므로, 번역료를 주어서까지 번역하면 나는 무얼 먹고 살라느냐 하였더니, 번역료는 당국에서 보조해주겠다는 것이오.

"나는 일본말을 모르는 조선 사람에게 읽히고자 쓴 작품이니, 그런 구차한 노릇까지 못하겠다."

하고 원고를 도로 찾아가지고 돌아왔지만, 이렇게 차차 '국어화'가 강화되어 가면, 밥 먹고야 사는 인생인 나의 경제생활은 나날이 궁박하게 될 것은 정한 이치오.

궁한 나머지 안출해낸 것이, 매 주일 방송소설 한 편씩 쓰는 것이오. 조선어 방송에 쓰이는 작품이니, 작품의 용어는 조선말로 할 것이나, 그 대신 '국민 사상 선도(?)'를 목표로 하거나 '전력 증강'을 목표로 한 것이라야 될 것이라는 조건이오. 그러나 부여 민족, 단군 자손의 '일본 황민화' 목표로 한 글은 내 손이 부러질지언정 차마 쓰지 못하겠소. 여기서 안출해낸 것이 일본 명치유신의 지사들의 약전(略傳)을 한 주일에 한 사람씩 써내려가는 것이었소.

흥이 나지 않는 일이니 일이 될 까닭이 없고, 더욱이 소위 유신지사라는 것은 모두가 비슷비슷한 행로와 말로를 가진 사람들이니 이야기의 내용은 싱겁기 한량없는 것이요, 약간 거짓말을 쓸지라도 따지고 할 사람도 없는 글이라 쓰기는 흥그럽지만 스스로 맥이 빠지는 것이오.

소위 유신지사라 하는 것은 불우의 룸펜들로서, 당년의 집권자인 덕천막부에 반항하여 이를 타도하고 왕정을 복고하려는 것이 그들의 목표이매 따라서 '집권자 타도'와 '혁명'의 이야기라, 총독부 당국으로서는 마땅히 쉬쉬하여 금지하여야 할 것이어늘…… 속으로 고소를 하면서, 매 주일에 한 편씩을 써냈소.

그러나 이것은 간신히 '조선어로 그냥 밥벌이를 하였다' 하는 데 그치지, 우리 성주 세종께오서 창제하옵서 우리에게 내려주신 이래, 400여 년의 세월을 이 역시 숱한 수모와 배척의 가실 길을 돌파하여 우리 대에까지 상속된 우리의 거룩한 글을 그냥 폭력의 아래서 살려나가려는 노력에는 아무 도움이 못 될 것이었소.

당국에서도 강행하거니와 민간 측에도 추종자가 나날이 늘어가서, 도회 둥지는 거진 '황국화'하고, 문사들도 마치 자기의 어학 능력을 경쟁하듯이 다투어 일본말 소설을 쓰고…… 이대로 그냥 가다가는 불출

10년에, 조선어는 다만 지방―산골의 토어(土語)로 떨어져 버릴 형편이었소. 마음 여간 급한 일이 아니었소.

조선어가 없어지면 조선 문학이 어디 있을 것이며, 조선어가 없어지면 조선 민족은 무엇으로서 나는 조선인이오 하고 자기를 증명하겠소?

조선문 소설을 써서 이로써 의식을 하는 나는 또한 조선어는 나와 내 품안의 가족의 밥줄이었소.

막다른 곳에서, 이 국면을 어떻게 타개할까고 갈팡질팡할 때에 일루의 활로가 까마득히 비쳤소. 즉 춘원 이광수에게 한 패트런이 생겨서, 그 패트런이 '춘원이 무슨 사업을 하려면 50만 원까지는 내놓겠다' 하는 것이었소

나는 이 예약된 50만 원을 가운데 놓고, 춘원과 여러 날 머리를 모으고 토의하였소. 그리고 그 토의한 결과 총독부로 정보과장 겸 검열과장인 아부달일(阿部達一)을 찾았소.

지금 우리나라(일본)는 일찍이 겪어보지 못한 큰 국난에 직면해 있다. 1억의 힘을 함께 모아서 이 난국

을 돌파하지 않으면 안 되겠다. 이 난국을 돌파하기 위해서는 국민 사상을 건전하고 강건하게 해야겠고, 국민 사상을 건전화하고 강건화하기 위해서는, 절대로 '문학'의 '선전력'과 '선동력'을 빌지 않으면 안 된다. 강건한 문학을 산출하여 국민 사상을 선도 하는 것, 이것은 '싸우는 일본'의 최대 급무다.

1억의 사반분의 일이라는 수효를 차지하고 있는 조선인의 움직임은 일본의 운명을 좌우할 수 있는 절대적인 존재다.

'공식적인 만들어라, 보내라, 이겨라' 등의 선전이며, 지금 당국이 장려하는 따위의 시국소설 등은 조선인은 '또 그 소리지'쯤으로 읽지부터 않는다. 더욱이 국어 일본어로 쓴 소설은 조선 총인구의 절대 다수를 차지하고 있는 농부나 여인이나 노인은 알아보지도 못한다. 즉 무의미한 것이다.

한 개 작가단의 조직을 공인하라. 그리고 언문(한글) 작품 검열을 완화하라. 그 작품 언문의 내용이 건실하여 능히 국민 사상을 강건하게 할 만한 것이면 이를 허가하고 장려하라. 지금 당국에서 종이를 배급

주고 재정적과 정신적으로 보조하고 장려하는 많은 소위 시국소설 등은 무슨 효과를 보이고 있는가. 억지로 떠맡기고 안겨주니 받기는 받지만, 읽지도 않고 그냥 버리는 형편이다.

대중이 신용하는 작가를 동원하여, 대중이 읽을 줄 아는 글(조선어)로서 대중이 흥미 있게 읽을 수 있는 소설을 제작하게 하여, 은연중 대중에게서 나약한 사상을 제거하고 강건한 사상을 가지게 하여, 이 난국을 돌파할 수 있는 강건한 국민이 되게 되도록.

방금 당국에서 박멸하고자 하난 대(對) 조선어의 방침과는 배치되는 바 있으나, 5,000년의 역사를 가진 조선어가 없어질 것도 아니거니와, 방금 절박한 이 시국에 있어서, 조선어 박멸쯤은 뒤로 밀고라도 국민 사상 강건화를 급속히 하는 것이 급무일 줄 안다.

방금 조선인 현역 작가 가운데 소위 협력 작가와 비협력 작가의 두 가지가 있지 않느냐. 당국에서 '작가단'을 공인해주고, 언문 작품을 용인해준다면 과거의 '비협력 작가'까지도 모두 산하에 품을 수가 있다. 이는 내가 담당하마.

이것이 정보과장에 대한 나의 주장이었소.

때는 바야흐로 전쟁도 최고조에 달하여, B-29는 매일 동경을 폭격하고, 오키나와의 싸움도 일본의 참패로 거진[19] 끝장날 형편인 1945년 7월 말.

조선어 일어 따위의 말초적 문제로 운운할 경황이 못 되는 일본인의 입장이라, 한두 번 더 교섭이 거듭된 뒤에는, 조선문 검열을 완화하겠다는 내락이 났소.

그러나 '작가단', 조직에 대해서는 현재 총독부 직할하에 '조선문인 보국회'라는 것이 있으니, 그 문인 보국회에서 알맹이 작가들만 뽑아내면, '문인 보국회'가 넘어지는 셈이니 '문인 보국회'의 이사장인 이등(伊藤) 모의 양해를 얻어오라는 것이었소. 그래서 이등이를 찾았더니, 강원도 방면에 출장 중으로 며칠 뒤에야 돌아온다는 것이었소.

그때의 나의 계획은 예정은 이러하였소. 즉 작가단을 조직하고, (꼽아보니 한 사람 못 되었다고, 볼 수 있는 작가(소설)가 겨우 20여 명이었소) 춘원의 패트

---

19) 거의

런에게서 나온 50만 원을 이들에게 한 사람 앞 2만원씩 현금으로 나누어주고, 이로부터 1년 안에 건실한 내용을 가진 소설 한 편씩을 완성시키라는 조건을 붙이고…….

때의 시국 형편은 이 전쟁이 절대로 1년을 더 끌 희망은 붙일 수가 없었소. 2만 원(2만 원은 당시에는 거액이었소)씩을 받은 작가들이 그때 굶주렸던 창자에 자양분을 보급하며 마음에 드는 지방을 찾아가서 천천히 창작에 착수하여 이를 진행시키는 도중에, 전쟁은 '일본의 참패'로서 끝장이 날 것이오.

전쟁이 끝난 뒤, 우리 민족의 운명, 어찌될 것은 예측할 바 없지만, 그사이 여러 해 전쟁을 겪느라고 극도로 곤궁하고, 저축의 여유도 못 가졌던 우리의 작가들은, 갑자기 이런 혼란 시기에 봉착하면 그야말로 어찌할 바를 모를 것이오. 그러한 우리의 작가들이, 2만 원씩만 받아 쥐면 그래도 나라가 정돈되기까지는 무사히 지낼 수가 있을 것이오.

춘원의 패트런도 50만 원을 이렇게 썼다 하면 과히 나무라지도 않을 것이오.

어서 이등 모가 강원도에서 돌아오면 그와 의논하여 양해를 얻어서 작가단을 조직하고…….

그 이등 모는 4월 열나흗날에야 돌아왔소. 그러나 뜻밖에도 그는 작가단에 대하여 절대 반대를 하는 것이었소. '문인 보국회'의 중심을 이룩하는 소설 작가만 뽑아낸다면 문인 보국회는 무력화하고 유명무실하게 되어 문인 보국회의 이사장의 입장으로는 절대 찬성할 수 없다 하는 것이었소.

이 완고에 도저히 대적할 수가 없어서, 다시 정보과장과 교섭하기로 그날은 그만치 하고, 이튿날 다시 총독부 정보과장실로 아부를 만나러 갔었소.

운명의 8월 보름날. 고관들 중에는 벌써 항복하기로 내정된 것을 암 직한데도 불구하고 아부는 그날 내색도 비치지 않고 시치미를 딱 떼고,

"이등 이사장이 양해할 수 없다면 총독부 당국으로도 할 수 없다."

는 것이었소. 토론은 차차 격론으로 화하여, '이등, 이 같은 무능한 늙은이의 비위를 거슬리지 않기 위하여 이렇듯 굴하니 이게 무슨 일이냐. 일·소까지 개전

되어 일본의 운명이 풍전등화 같은 이 찰나에, 조선 2,600만 인구의 마음에 티끌만한 만족이라도 어서 주어서 조선의 환심을 조금이라도 더 붙들어라. 도대체 긁어 부스럼으로, 가망 없는 조선어 박멸 정책을 써서 조선인의 반격심만 조장 해놓은 너희들도 대체 위정가냐'고 책상을 두드리며 그에게 육박하였소.

사실 지금의 형편으로는 일본이 오늘 항복할지 내일 항복할지, 맨 막판으로서 끝장나기 전에 어서 나 자신을 비롯하여 20여 명이 생활하게 수속을 끝내 놓지 않으면 안 될 형편이라, 여간 뒤가 급한 것이 아니었소.

오늘 오정에, '미증유의 중대한 방송'이 있다 하니, 혹은 그것이 무조건 항복을 온 국민에게 알리는 것인지도 모를 바요, 만약 그렇다 하면 그 뒤는 또한 미증유의 혼란 상태가 현출되어서 아무 물질적 준비가 없는 우리 같은 사람은 그 고비를 어떻게 넘길지 아득하였소.

때는 1945년 8월 15일 오전 10시 정각. 아부에게는 어디서 전화가 걸려왔소. 전화로 보내는 아부의 대답.

"웅? 그건…… 두 시간만 더 기다려. 단 두 시간뿐이
니 절대로 미리 말할 수 없어. 웅, 웅, 그러구, 예금이나
저금 있나? 은행에구 우편국에구 간에, 예금이 있거든
홀랑 찾아내게. 방금 곧…… 12시 이전에…….".

그냥 아부의 전화는 계속되고 있었지만, 나는 아부
를 버려두고 뛰쳐나왔소. 아부의 말눈치로 12시의 중
대 방송이란, 즉 항복 포고임을 방금 알았기 때문
에…….

집으로 달리는 전차를 잡아탔소. 펑펑 쏟아지는 눈
물을 감추기 위하여 다른 승객들에게 외면을 하고도
눈을 앓는 체, 연해 눈을 부볐소.

일본이 패배하면 조선의 운명은?

한동안 계속된 혼란 시기를 한 푼의 저축도 없이
어떻게 돌파하는가.

이런 따위는 인제 근심도 안 되었소. 다만 인제는
자유 국민이노라는 비길 수 없는 기쁨에, 한없이 한
없이 운 것이었소.

일어 장려, 조선어 억압의 짧지 않은 기간 동안에, 어떤 잡지에 짧은 수필 한 편을 일문으로 쓴 일이 있소. 만약 이것이 어떤 후배에게, '김동인이도일어로 글을 쓰니 아마 괜찮은가보다. 그러며 나도 일문으로 글을 쓰리라'— 이런 생각을 품게 하였다 하면 이는 무덤에 가는 날까지 내 마음을 아프게 하는 재료가 될 것이오. 그 밖에는 남에게 부탁하여 내 작품을 일어로 번역하여 발표하든가, 혹은 전연 변성명 혹은 익명으로 남의 눈만을 속인다든가 하는 일은 하지 않았소. 그리고 그래도 조선문의 명맥만이라도 유지해 보느라고(그것은 또한 나의 밥줄도 되었소) 세 편 쓰면 한 편쯤이나 허가되는 이 좁은 관문을 목표로 끊임없이 붓을 놀렸소.

이 가여운 노력에도 불구하고 관문은 더욱 좁아가서 8·15의 연합군 승리만 없었던들 어찌 되었을까. 진실로 아슬아슬한 일이었소.

이 모든 것(소설 투의 확립이며 조선어 박멸의 당국 방침과의 사투 등)이 모두 누구의 부탁이거나 의뢰가 있어서 한 바가 아니요 나 자신의 막을 수 없는 욕구에서 우러나와서 한 일이라, 내가 개척한 투를 답습하는 나의 후인들이, '이것'에는 선인의 이러한 고심이 있었다는 것은 알지 못하고, 아마 우리나라에 태고적[20]부터 존재해 내려온 것쯤으로 가볍게 보고, 또는 혹 조선어를 힘 자라는껏 사수해보고, 검열 완화를 위하여 8·15 오전 10시까지도 싸웠다는 점은 모르고(이것을 자긍한다든가 할 생각도 없었거니와), 여기는 전혀 무관심할 때에, 조선 문학이라든가 조선어라든가 하는 방면과는 아주 교섭이 없을 군정청 광공국장 ○씨가, 이 점에 유의하고, '조선인의 한 사람으로 김동인이가 조선 문학과 조선어를 위하여 일본 위정 당국과 30년간 싸운 그 공적을 보아, 국가 해방의 이 기꺼운 아침에 한 채 집을 못 구하여 일가 이산의 비극을 연출하게 한대서야 이는 인사가 아니라'하여 광공국에서 접수한 일본 큰 회사의 사택 100여 채 가운데서 한 채를 자유 선택하게 한 것이었소.

소설도에 발을 들여놓은 지 30년…… 이 길에 들어

---

20) 태곳적

선 탓에 많은 멸시와 수모와 위정 당국의 미움과 압박만을 겪어오다가 여기서 처음으로 대접을 받아보았소. 전혀 문외인에게.

그리고 다시금 생각해보니, 내가 선택한 직업은 수모만 받을 직업이 아니라, 도리어 대접을 받을 직업이요 사례를 받을 직업이오.

해방은 과연 기꺼운 것이라 하였소.

그리고 광공국에서 접수한 적지 않은 일본 큰 회사 사택 가운데서, 스미토모 경금속회사(자본금 1억 5천만 원) 사장의 사택을 골라냈소.

명문

전 주사(主事)는 대단한 예수교인이었습니다.

양반이요 부자요, 완고한 자기 아버지의 집안에서, 열일고여덟까지 맹자와 공자의 도를 배우다가, 우연히 어느 날 예배당이라는 곳에 가서, 강도(講道)하는 것을 듣고, 문득 자기네의 삶의, 이상이라는 것을 모르고 장래라는 것을 무시하는 것에 놀라서, 그날부터 대단한 예수교인으로 변하였습니다.

그는 예수를 믿으면서 맨 처음 일로 제 아내를 예수교인이 되게 하였습니다. 동시에, '님자'이고, '여편네'이고, 떡하면 '이년'이던 그의 아내는 '당신'이요, '마누라'요, '그대'인 아내로 등급이 올랐습니다.

그는 머리를 깎아버렸습니다. 그리고 제 아버지와

어머니에게까지 예수교를 전해보려 하였습니다.

"네나 천당인가엘 가라."

어머니의 대답은 이것이었습니다.

"천당? 사시 꽃이 피어? 참 식물원에는 겨울에도 꽃이 피더라, 천당까지 안 가도……. 혼백이 죽지 않고 천당엘? 흥, 이야긴 좋다. 네, 내말을 잘 들어라, 사람이 죽는다는 것은, 혼백이 죽느니라. 몸집은 그냥 남아 있고……. 몸집이 죽는 게 아니라, 혼백이 죽어 혼백이 천당엘 가? 바보의 소리다. 바보의 소리야. 하하하하."

아버지는 비웃는 듯이 이렇게 대답해오다가, 갑자기 고함쳤습니다.

"이 자식! 양반의 집안에서 예수? 중놈같이 대구리21)를 깎고. 다시 내 앞에서 그댓 소릴 했다가는 목을 자르리라."

전 주사는 아버지와 아버지의 혼을 위하여 기도를 하면서, 자기네의 방으로 돌아왔습니다.

---

21) 머리

평화롭고 점잖고 엄숙하던 이 집안에는, 예수교가 뛰어들어오자부터 온갖 파란이 일어났습니다.

'나는 너희에게 평화를 주려고 온 것이 아니라, 오히려 분쟁을 일으키러 왔느니라.'

고 한 예수의 말씀은, 그대로 이 집안에서 실현되었습니다. 칠역(七逆) 가운데 드는 무서운 죄악을, 전 주사는 맨날과 같이 범하였습니다.

미신이라는 것을 한 죄악으로까지 보던 아버지는, 전 주사가 예수를 믿기 시작한 뒤부터는, 아들을 비웃느라고 맨날 무당과 판수를 집안에 불러들여서 집안을 요란하게 하였습니다.

"우리 자식 놈의 예수와, 내 인복 대감과 씨름을 붙여놓아라."

이러한 우렁찬 아버지의 웃음소리가 때때로 안방에까지 들리도록 울렸습니다. 그런 때마다, 착하고 효성 있는 전 주사는 눈물을 흘리면서 골방에 들어가서 아버지를 위하여 기도드렸습니다.

이 무섭고 엄한 집안에 들어온 예수교는, 집안이 집안인지라 가지는 널리 못 퍼졌지만, 그러나 뿌리는 깊게 뻗쳤습니다. 온갖 장해와 박해 아래서도 전 주사의 내외의 마음속에는 더욱 굳건히 이 뿌리가 들어박혔습니다.

"하늘에 계신 아버지여. 이 제 육신의 아버지의 죄를 용서해주십시오. 그는 착한 이외다, 남에게 거리끼는 일은 하나도 안 하는 사람이외다. 다만 한 가지, 그는 전지전능하신 하나님의 선지식을 모르는 것뿐이 죄악이라면 죄악이겠습니다. 딴 우상을 섬기는 것이 당신께는 가장 큰 죄악이겠지만, 이 육신의 아버님이 딴 우상을 섬기시는 것은, 결코 자기의 마음에서가 아니라, 다만 나를 비웃느라고 하는 일에 지나지 못합니다. 그의 그 죄를 용서해주십시오."

그는 흔히 이런 기도를 골방에서 드렸습니다.

어떤 날, 이날도 그는 이러한 기도를 드리고, 골방에서 나오노라니까(며느리의 방에는 아직 들어와보지 못한) 그의 아버지가, 골방문밖에 서 있었습니다. 전 주사는 아버지의 위엄 있는 얼굴에 놀라서, 그만 그 자리에 굴복하고 앉고 말았습니다.

"얘 고맙다. 하나님한테 이 내 죄를 용서하라고?

이 전 대과 는 자기 철이 든 이래, 죄라고는 하나도 범하지 않은 사람이다. 내 죄를? 이 자식! 네 아비의 죄가 대저 무엇이냐! 대답해라."

전 주사는 겨우 머리를 조금 들었습니다.

"아버님, 말씀드리겠습니다. 아까 하나님께도 기도 올렸거니와, 아버님은 다른 잘못이라는 것은 없는 분이지만 하나님 밖에 다른 신을 섬기시는 것이 가장 큰 죄악의 하나올시다."

"하하하하. 너의 하나님도 질투는 꽤 세다. 애, 내 말을 꼭 명심해서 들어라. 이 전 대과는 다른 죄악보다도 질투라는 것을 제일 미워한다. 너도 알다시피, 첩을 두지 않는 것만 보아도 여편네 사람의 질투를 얼마나 싫어하는지 알겠지. 나는 질투 심한 너의 하나님은 섬길 수가 없다. 하하하하, 너의 하나님은 여편넨가 보구나."

아버지는 별한 찢어지는 소리로 웃음치고, 문밖으로 나가버렸습니다.

전 대과의 아들 전 주사는 예수를 믿는 죄 때문에

얼마 뒤 그만 아버지의 집에서 쫓겨났습니다. 그가 쫓겨나올 때, 어머니가 몰래 그의 손에 돈 1,000원어치를 쥐어주었습니다.

그는 아버지의 집에서 쫓겨나오면서도 결코 아버지를 원망하지 않고, 오히려 아버지의 하느님을 저품하지 않는 태도 때문에 눈물을 흘렸습니다.

그는 조그마한 가가를 하나 세내어가지고, 잡저자를 시작하였습니다.

예수에게 진실하고 열심인 만큼, 그는 장사에도 또한 열심이고 정직하였습니다. 이 세상에 덕이 셋이 있으니, 첫째는 예수 믿는 것이요, 둘째는 정직함이요, 셋째는 겸손한 것이라는 것이 전 주사의 머리에 깊이 박혀 있는 신념이었습니다. 그는 온갖 일을 이 '덕'이라는 안경으로 비추어보면서 행하였습니다. 그는 예수의 출생 전에 세상을 떠난 공자와 맹자를 위해서까지 기도를 드렸습니다.

정직함과 겸손함을 푯대 삼는 그의 장사는 날로 흥하였습니다. 아래로는 어린애의 코 묻은 5푼짜리 동전으로부터 위로는 10원, 100원짜리의 지폐가 그의 집에 들락날락하였습니다.

그의 장사는 날로 흥하였지만, 그의 밑천은 결코 늘지 않았습니다.

그는 이전에 자기 아버지의 집에 있을 때는 몰랐지만 이와 같이 세상에 나온 뒤에 자기 아버지의 평판이 대단히 나쁜 것을 보았습니다. 다른 것이 아니라, 인색하다는 것이외다.

'아버지도 그만한 재산이 있으면 남한테 좀 주어도 좋은 것을……'

그는 처음에는 이렇게 생각하였지만, 자기의 장사에서 이익이 나는 것을 본 뒤부터는 그 이익을 모아서 100원, 500원씩 아버지의 이름으로 여기저기 기부를 하였습니다. 그리고 혼자서 마음으로 아버지를 위하여 하는 일이라고 기뻐하고 하였습니다.

"여보, 마누라. 아버님이 인색하시단 말도 인젠 조금 줄었겠지요?"

어떤 날 그는 아내에게 이렇게 말하였습니다.

"네. 며칠 전에 거리에 서 있노라니깐 지나가는 사람들의 이야기에, 아버님께서 불쌍한 사람에게 기부를 하신 일이 신문에 났다고 늘그막에 선심을 시작하신 모냥이라고들 하는 모냥입디다."

"신문에?"

그는 그날부터 신문을 사 보기 시작하였습니다.

그는 어떤 때 어느 예배당을 짓는 데 아버지의 이름으로 1,000원을 기부하였습니다. 그리고 그날부터 신문에 그 일이 나기를 기다렸습니다.

이삼 일 뒤에, 그는 신문을 뒤적이다가 고함을 치면서 그 신문을 들고 방안에 뛰어들어갔습니다. 신문에는 커다랗게 전성철(田聖徹) 대감이 돈 1,000원을 예배당 건축에 기부하였다는 말이 씌어 있었습니다.

"여보 마누라, 기도드립시다. 하나님이여, 제 아버지의 죄를 이것으로 얼마라도 용서해주십시오. 예수의 공로까지 빌어서 당신께 원하옵니다. 아멘, 아, 마누라, 이것 보오, 아버님도 기뻐하시겠지."

그리고 이삼 일이 또 지났습니다. 그날 저녁 몇 해를 서로 보지 못했던 아버지의 집 차인 이 문득 그를 찾아와서, 돈 1,000원을 주며 아버지의 말을 전갈하였습니다. 그 말은 대략 이러하였습니다.

'내 이름으로 예배당에 돈 1,000원을 기부한 일이 신문에 났기에, 알아보니깐 네가 가지고 왔다더라. 이 뒤에는 결코 내 이름을 팔아먹지 마라. 예수당에 기부? 예수당에 기부할 돈이 있으면 전장을 사겠다. 그 돈 1,000원을 도로 찾아서 보내니, 결코 다시는 그런 짓을 마라!'

그는 이 말을 듣고 아버지를 위하여 눈물을 흘렸습니다. 그리고 이튿날 다시 그 예배당에 가서, 신문에 내지 않기로 하고 다시 그 1,000원을 기부하였습니다.

세월은 흘러서 10여 년이 지났습니다. 스무 살쯤 하여 아버지의 집에서 쫓겨난 전 주사는 어느덧 서른 살이 되었습니다.

그러나 그의 살림은 조금도 변하지 않았습니다. 장사에서 이익이 나면 아버지의 이름으로 기부를 하고, 맨날 아버지와 어머니의 영혼을 위하여 기도하고, 정직하고 겸손하게 장사를 해나가고……. 그리하여 그가 서른 살 되던 해에, 그의 아버지는 문득 병에 걸려서 위독하게 되었습니다.

맏아들이요, 외아들인 그는 위독한 아버지의 앞에 돌아갔습니다.

그는 굵은 핏줄이 일어서 있는, 이전에는 든든했던 아버지의 싯누런 손을 잡고 쓰러져 울었습니다. 아버지는 힐끗 그를 본 뒤에,

"우리 예수꾼."

한 뒤에, 성가신 듯이 눈을 감고 말았습니다. 그러나 전 주사는 그 아버지의 감은 눈 아래 감추어져 있는 오래간만에 만나는 부자로서의 따뜻한 사랑을 보았습니다. 그는 흐느끼는 소리로 그 자리에 엎드려 기도를 드렸습니다. 이 가련하고 착한 영혼을 위하여, 그는 몇 만 번 드린 가운데서 그중 훌륭한 기도를 하나님께 드렸습니다.

아버지의 눈은 잠깐 떨리다가 열렸습니다.

"너, 날 위해서 기도하냐? 흥! 예수꾼."

아버지는 고즈넉이 말을 시작하다가, 갑자기 아들의 쥐고 있는 손을 뿌리치면서 고함쳤습니다.

"저리 가라! 썩 가! 애비의 임종에서까지 우라질 하나님! 너의 예수당에 가서나 울어라, 가!"

전 주사는 혼이 나서 두어 걸음 물러앉았습니다. 어머니도 놀라서 전 주사를 붙들고 떨고 있었습니다. 그러나 전 주사의 기도는 멎지 않았습니다. 전 주사는 물러앉아서도, 이 착하지만 선지식을 모르는 애처로운 영혼을 위하여 기도를 속으로 드렸습니다.

잠깐이 지났습니다. 아버지는 연하여 성가신 듯이 코를 쿵쿵 울리다가, 눈을 감은 대로 아들을 오라고 손짓을 하였습니다.

"기도해라! 아무 쓸데없지만 네가 하고 싶으면 해라. 그러나 내게는 하나님보다 네가 귀엽다. 차디찬 애비의 손을 녹여 다고……."

전 주사는 아버지의 손을 잡고 엉엉 처울었습니다.

밤이 깊어서 대과 전(前) 재상, 전성철은 세상을 떠났습니다.

좀 인색하다는 평판은 있었지만, 한때의 귀인 전 대과의 죽음은 만도가 조상하였습니다. 조상객이 구름과 같이 모여들었습니다.

전 주사는 무엇이 무엇인지 모를 범벅인 혼잡 천지에서 어망처망 하다는 듯이 눈이 멀진멀진 조상객들을 맞고 있었습니다. 사실 거리의 조그마한 상인인 '전 서방'에서 대가의 맏상제로 뛰어오른 전 주사는, 무엇이 무엇인지 분간을 못하였습니다. 그는 다만 하나님뿐을 힘입으려 하였습니다.

전 주사가 새 대감으로 들어앉은 뒤에 처음으로 한 일은, 아버지의 유지(遺志)라는 이름 아래서, 이 도회에 50만 원이라는 커다란 돈을 먹여서 큰 공회당을 하나 만들어놓은 것이외다. 그 공회당을 성철관(聖徹館)이라 이름하였습니다.

뭇 사람은 그 공회당 낙성식에 모여서, 없는 전 대과의 혼백을 축복하였습니다.

전 주사는 만면에 웃음을 띠고 이 낙성식에 참여하였다가, 자기 집으로 돌아와서 아내에게 이렇게 말하였습니다.

"여보 마누라, 참 돈으로 이런 영광을 살 수 있다니 이런 기쁜 일이 어디 있겠소? 아아, 아버님께서…… 여보, 기도합시다."

이와 같이 돈과 영광의 살림을 하면서도, 그는 결코

사치하게 지내지를 아니하였습니다. 아니, 사치하게 지내려 하여도 지낼 수가 없었습니다. 기름기 많은 고기를 그의 위는 소화를 못하였습니다. 인력거를 타고 다니면 그는 발이 저려서 참을 수가 없었습니다. 그는 이전의 장사할 때와 마찬가지로, 채소를 먹고, 5전짜리 담배를 먹으며 10리가 되는 길도 걸어다녔습니다. 그리고 그의 재산의 수입의 남는 것은 모두 자선에 써버렸습니다.

그러나 마귀는 아무런 구멍으로라도 들어옵니다. 전 주사의 집안에도 재미없는 일이 생겼습니다.

70이 넘은 그의 어머니는 좀 정신이 별하게 되었습니다. 40이 가까운 며느리가 아직 아들 하나도 낳지 못한 것을 처음은 좀씩 별하게 말해오던 어머니는, 차차 온갖 사람에게 대하여 그것을 큰일(큰일에는 다름없지만)과 같이 지껄이고 하였습니다.

"계집년이 방정맞으니깐 아들 하나도 못 낳고 맨날 하나님 하나님, 하나님이 제 서방이야?"

이런 말이 나올 때는 그는 어쩔 줄을 모르고 골방에 뛰어들어가서, 이 무서운 말을 하는 어머니를 위하여

기도하였습니다.

그러나 어머니의 그것은 노망이라는 병 때문인지라, 그의 아내에게 뿐 아니라, 종들이며 장사배에까지 못 견디게 굴었습니다.

"내가 늙은이라고 너희 년(혹은 놈)들이 업신여기는고나. 흥! 내가, 아아, 이런 원통한 일이 어디 있나!"

하면서 벼락같이 뜰에 쓰러져서 우는 일도 흔히 있었습니다. 뿐만 아니라, 얼굴 좀 반반한 계집종을 밤중에 전 주사 내외의 방에 들여보내는 일도 한두 번이 아니었습니다. 그것을 전 주사가 서너 번 물리친 다음부터는, 아직껏은, 아들은 얼마간 저품하던 어머니가 아들에게까지 그렇게 굴었습니다.

"너희 젊은 연놈들이 이 늙은 년 하나를 잡아먹누나, 이 전문(田門)의 종자를 끊으려는 연놈들, 그럼 내라도 아들을 낳아서 이 집을 잇게 하고야 말겠다. 고약한 연놈들."

그러면서 그는 그 뒤에 집에 사람이 오면 매양 그 사람을 붙들고 얌전한 영감을 하나 구해달라고 야단하였습니다.

어떤 날, 뜰에서 무엇이 잘못되었다고 중얼거리고 있는 어머니의 뒷모양을 전 주사가 한심스레 창경으로 내다보고 있을 때에, 사내종 녀석이 하나 지나가다가 뒤에서 흉내를 내며 주먹질을 하는 것을 발견하였습니다.

전 주사는 어떻게든 어머니를 처치하여야겠다고 생각하였습니다.

참말, 어머니의 살림은, 아무 가치가 없는 것이외다. 전 주사 자기는, 이 세상에 독일이란 나라가 있고, 거기 베를린이라는 도회가 있는 것까지 알고 있는데, 어머니는 대국이라는 나라가 어느 쪽에 붙었는지도 모릅니다. 이런 가련한 인생이 어디 있겠습니까? 그것뿐 아니라, 노망을 하기 때문에, 자기 집안에 부역이 어느 쪽에 붙었는지까지, 간간 잊어버리는 일이 있고, 자기에게 손주가 있었는지 없었는지도 몰라서 때때로 서두 없이, 손주(게다가, 복손이라는 이름까지 붙여서)를 좀 데려다달라고 간청을 하고 합니다. 그리고 종년 종놈들에게 주먹질이나 받고…….

그와 같은 사람은 하루를 더 살면 그만큼 자기 모욕의 행동이라고 전 주사는 생각하였습니다. 그리고 결론으로는, 자기 어머니와 같은 사람은 없어버리는 것이 없는 자기를 위함이고, 또한 남을 위함이라고 생각하였습니다.

　　어머님께 효도를 하기 위하여는, 어머니를 저세상으로 보내는 것이라고까지 생각하였습니다. 참말, 사면에서 욕보는 어머니의 모양은, 마음 착한 전 주사로서는 볼 수가 없었습니다.

　　"하나님이여. 당신은 이 세상에 죄악이 너무 퍼졌을 때에 큰 홍수로써 세상을 박멸한 하나님이외다. 지금 제 어머니 때문에, 저는 어머니를 미워하는 대역의 죄를 지으며, 어머니께서도 맨날 고생으로 지내실 뿐 아니라, 집안의 몇 식구가 잠시도 마음을 놓을 수가 없습니다. 제 이 어머니를 하나님 앞에 돌려보내는 것이, 가장 착하고 적당한 일인 줄 저는 생각합니다."

　　뿐만 아니라 이제 1년을 더 살지 못하시리만큼 몸이 쇠약한 것은 아무도 아는 사실이요, 이제 더 산다는 그 1년이 또한 다만 어머니의 껍질을 쓴 한 바보에 지나지 못하는지라, 그가 어머니를 죽인다 할지라도 그것은 어머니가 아니요, 벌써 송장이 된 어떤 몸집에 조금 손을 더하는 것에 지나지 않겠습니다. 그는 그 벌써 송장으로 볼 수 있는 어머니의 몸에 조금 손을 더 하려고 작정하였습니다.

이틀 뒤에 그의 어머니는, 몹시 구역을 하고, 그만 세상을 떠나버렸습니다.

한 달 뒤에 그는 호출장으로 검사정에 가 서게 되었습니다.

그는 서슴지 않고 온갖 일을 다 말하였습니다. 그는 그날 밤부터 구치감에서 자게 되었습니다. 또 한 달이 지났습니다. 존친족고살범(尊親族古殺犯)이라는 명목 아래서 그의 공판이 열렸습니다. 그는 두말없이 사실을 부인하였습니다.

"아, 천부당만부당하신 말씀이외다. 제가, 그 인자하신 어머니께 손을 대다뇨. 천만에……. 어차피 1년 이내에 없을 수명이시고, 게다가 그 당시에도 살아

계시달 수가 없는 이를, 마음 편히 주무시게 한 뿐이지 어머니를 내 손으로…… 참 천부다만부당……."

검사가 일어서서 반박하였습니다. 1년 이상 더 살지 못할 사람은 죽여도 괜찮다는 법은 어디 있어. 이제 5분 내지 10분의 여명(餘命)이 있는 병인을 죽일지라도 훌륭한 살인범이거늘, 이제 1년? 그 논조로 가면 이제 50년, 혹은 년 남은 여명이라고 70 죽여버려도 괜찮다는 말로써, 피고의 말핑계는 핑계도 되지 않는다…….

"당신과 말싸움은 안 하겠습니다."

그는 검사가 어찌하여 그런 똑똑한 이치도 모르는고 하고, 그만 이렇게 대답하고 말았습니다.

재판관은 다시 전 주사에게 물었습니다.

"좌우간 죽은 것은 사실이지?"

"아니올시다."

"말을 바꾸어서 하마. 그럼 어머니를'주무시게' 한 것은 사실이지?"

"네 그렇습니다."

"그것은 훌륭한 죄가 아니냐."

“그럴 리가 없습니다. 어머님을 가련한 경우에서 건져내는 일이지, 결코 못된 일이 아니올시다.”

“그래도 사람을 죽이…….”

“아니올시다.”

“사람을 잠재우는 것이 죄가 아니야?”

“그 사람을 구원하려고 잠재운 것은 오히려 상받을 일이올시다.”

재판은 이와 같이 끝이 났습니다.

열흘 뒤에 그는 사형의 선고를 받았습니다.

그때에 그는,

“하나님뿐이 아시지, 당신네는 모릅니다.”

이렇게 대답하였습니다.

“억울하냐?”

“원죄올시다.”

“제 애미를 죽…….”

“아니올시다.”

“잠재운 것(재판관은 씩 웃었습니다)은 죽어도 싸지.”

“당신네는 모릅니다. 하나님뿐이 아시지.”

"억울하면, 공소해라."

"그 사람이 그 사람이지요. 하나님 앞에 가서 다 여쭐 테니깐……."

그는 머리를 수그리고 나왔습니다.

형을 행하는 날, 교회사가 그에게 회개를 하라고 하였습니다. 전 주사는 한 마디로 거절하였습니다. 나는 회개할 일이 없습니다. 하나님의 뜻대로 어머니를 주무시게 한 것은 죄가 아니외다. 당신네들의 법률의 명문(明文)에 그것을 사형에 처한다 했으면 그대로 할 것이지, 그 밖에 내 마음까지 간섭치는 말아주. 나는 하나님을 저품하는 예수교인이외다. 십계명 가운데 다섯째에, 부모께 효도하라신 말씀을 지킨 뿐이외다……. 그는 이렇게 대답하였습니다.

한 시간쯤 뒤에, 그의 혼은, 그의 몸집에서 떠났습니다.

그의 몸집을 떠난 혼은, 서슴지 않고 천당으로 가서, 문을 두드렸습니다.

천당의 사자에게 이끌려, 그의 혼은 천당 재판석에

이르렀습니다. 재판석에서, 재판관은 그에게 그의 전생의 일동일정(一動一靜)을 모두 이야기하라고 명하였습니다. 그는 하나도 빼지 않고 다 아뢰었습니다.

"응, 그다음에 세상에서 네가 행한 가운데, 그중 양심에 쓰리던 일을 아뢰어라."

"없습니다."

"없어? 그러면 그중 양심에 유쾌하던 일을 아뢰어라."

"그것은 두 번이었습니다. 첫번은 아버님이 없는 뒤에, 아버님의 이름으로 큰 공회당을 세운 일이외다. 아직껏 인색하다고 아버님을 욕하던 세상이, 일시에 아버님의 만세를 부를 때에 어쩔 줄 모르게 기뻤습니다."

"또 하나는?"

"어머님을 주무시게 한 것이외다. 그것 때문에 첫째로는 어머님의 명예를 보존했고, 둘째로는 어머님의 없음으로 집안 모든 사람이 유쾌하게 마음 놓고 살 수 있게 되었고, 그것 때문에 어머님께서는 저절로 선행을 하신 셈이 됐습니다."

재판관은 잠시 뚫어지도록 그의 혼을 바라보다가 좌우를 돌아보며,

"저 혼을, 지옥으로 갖다 가두어라."

고 명령하였습니다. 전 주사의 혼은, 처음은 그 뜻을 알지 못하여 잠자코 있었습니다. 그러나 사자 둘이 와서 그의 손을 붙잡을 때에, 그는 무서운 힘으로 사자들을 떨쳐버리고 고함쳤습니다.

"저를 왜 지옥으로 데려가시렵니까? 대체 당신은 누구외까?"

"나?"

재판관의 날카로운 눈은 번득였습니다.

"나는 여호와로다."

"네? 당신이 하나님이외까? 그럼, 당신은 잘 아실 테외다. 저는 지옥에 갈 죄는 없습니다. 저는 제 행한 모든 일이 다 잘한 일로 압니다."

"내 말을 들어라. 첫째는 너는 애비의 죽은 뒤에 애비의 이름으로 기부를 하였다. 하나, 이 천당에서는 소위 명예니 무엇이니는 부인한다. 다만 네가 거짓, 애비 이름을 팔아서 세상을 속인 것뿐을 사실로

본다. 아홉째 계명에 거짓말하지 말라고 하였는데, 그것은 훌륭한 거짓말이 아니냐?"

"그러면 어머님을 편안하게 한 것은, 다섯째 계명에 효도하라는……."

"효도? 부모를 죽인 자가 효도? 네 말로는 어머니를 괴로움에서 건지려하였다 하나, 그 당시에 네 어미는 아무 고통도 모르고 있지 않았니? 그 어미를 죽인 것이, 여섯째 계명을 어기지 않았냐?"

"그러나 마음은 어머님께 효……."

"마음? 마음만 좋으면 아무런 죄를 지을지라도 용서받을 줄 아는냐?"

"그렇습니다. 당신께서는 사람의 마음을 꿰뚫어 들여다보시고, 마음의 죄악까지 다스리시는……."

"아니다, 아니야. 이 말 저 말 할 것 없이, 네 생애 가운데 그중 양심에 유쾌하던 일이 제5, 제6, 제9의 계명을 범한 것이니깐, 다른 것은 미루어 알 수가 있다. 야, 이사람을 지옥으로 데려가라!"

"그러나 세상에서 그렇지, 여기는 명문과 규율 밖에, 더욱 긴한 것이 있지 않습니까?"

하나님은 눈을 내리뜨고 잠시 동안 전 주사의 혼을 내려다보다가 웃었습니다.

"하하하하, 여기도 법정이다."

명화 리디아

벌써 여 년 360 전. 무대는 그때의 남유럽의 미술의 중심지라 할 T시.

3세기가 지난 지금까지 그의 이름이 혁혁히 빛나는 대화가 벤트론이 죽은 뒤에 한 달이라는 날짜가 지났습니다.

50년이라는 세월을 같이 즐기다가 갑자기 그 지아비를 잃어버린 늙은 미망인은 쓸쓸하기가 짝이 없었습니다.

해는 밝게 빛납니다. 바람도 알맞추 솔솔 붑니다. 사람들은 거리거리를 빼곡이22) 차서 오고 갑니다. 그러나 이것이 모두 미망인에게는 성가시고 시끄럽게만 보였습니다. 너희들은 무엇이 기꺼우냐. 너희들은 너희들이 난 곳을 말대(末代)까지 자랑할 만한 위대한 생명 하나가 한 달 전에 문득 없어진 것을 모르느냐. 너희들은 무엇이 기꺼우냐.

석 달 동안을 참고 참아왔지만, 미망인은 시끄럽고 '있으면 있을수록 없는 남편의 생각이 더욱 간절한' 이 도회를 내버리고 어떤 고요한 시골에 가서 조용히 살려고 마음먹었습니다.

그리하여 그는 이 도회를 떠날 준비의 하나로서 한 이삼십 점이 되는 제 그 지아비의 유작을 죄 팔아버리려 하였습니다.

며칠 뒤에 이 T시의 모든 미술비평가며 화상(畫商)들은 벤트론 미망인에게서, 없는 남편의 비장하던 그림이며 유작들을 팔겠으니, ○○일에 와서 간색을 보라는 통기를 받았습니다.

그리고 그 집의 각 방을 장식하였던 고 벤트론의 각 작품은 완성품이며 미완성품을 물론하고 모조리

---

22) 빼곡히

없는 이의 화실로 모아들였습니다.

　간색을 보인다는 ○○일은 아침부터 각 귀족이며
'예술을 이해하는' 부호들이며 화상들이 마치 저자와
같이 미망인의 집에 들락날락하였습니다.
　위층 자기 방에 들어앉아 있는 부인은, 손님이 왔다
고 하인이 여쭐 때마다 적적한 한숨을 내쉬고,
　"안내해드려라."
　한 마디뿐으로 자기는 내려가보지도 않았습니다.
　그러나 점심 좀 뒤에 R 대공작과 당대에 제일가는
미술비평가 Y씨의 방문을 받은 미망인은 이 두 유명
한 사람을 존경하는 뜻으로 몸소 내려가보지 않을
수가 없었습니다. 부인은 두 유명한 사람들을 몸소
안내해가지고 아직껏 자기는(이상한 두려움과 불안
과 추억 때문에) 들여다보지도 않던 화실에 데리고
갔습니다. 그러나 당대의 대화가의 미망인으로서의
자기의 권위를 잘 아는 노부인은 가장 점잖고 오만한
태도로 두 사람을 인도하였습니다.
　그러나 화실은 '혼잡'이란 문자를 쓰기까지 부끄럽

도록 어지러웠습니다.

그림은 모두 하나도 걸려 있는 것은 없고 포개지고 겹쳐져서 담벼락에 기대어 있었습니다.

"에이구."

부인은 점잖은 감탄사를 던졌습니다.

공작과 비평가는 고즈넉이 걸어서 그림들 있는 데로 가서 하나씩 치우면서 보기 시작하였습니다. 그러나 몇 개를 보던 그들은, 어떤 그림 하나를 담벼락에 세워놓고 서너 걸음 물러섰습니다.

부인은 그것을 보고 깜짝 놀랐습니다. 그런 그림이 어찌 거기 가 섞여 있었나? 그것은 없는 벤트론의 가장 어리석었던 제자 미란이란 사람의 그림 〈리디아〉라는 것으로서, 어떤 여자의 괴상한 웃음을 그린 초상화였습니다.

"그것은……."

부인은 의외의 사건에 놀라서 점잖은 태도도 잊어버리고 달려가서 설명하려 할 때에 비평가 Y씨가 손을 저었습니다.

"부인, 알았습니다. 이것은 없는 벤트론 씨가 가장

비장(祕藏)하던 그림이란 말씀이지요? 공작! 이보세요, 나는 아직껏 수천 점의 그림을 보고 비평하고 했어도 아직 이런 그림은 본 적이 없습니다. 이 그림의 여자의 미소를 공작은 무엇으로 보십니까? 그 수수께끼 같은 웃음. 아아, 참 벤트론은 전무후무의 화가다.”

“흠.”

공작도 의미 깊은 감탄사를 던졌습니다.

한 반 각이나 말없이 그 그림 앞에 서 있던 두 사람은 아까운 듯이 힐끗힐끗 돌아보며 돌아갔습니다.

부인은 두 손님을 보낸 뒤에 쓸쓸한 자기 방에 돌아는 왔으나, 그 우작(愚作) 〈리디아〉가 마음에 걸려서 마음을 진정할 수가 없었습니다.

‘없는 남편의 가장 어리석은 제자 미란이 그 그림을 그려가지고 보이러 왔을 때에 남편의 태도는 어떠하였나?”

그때에 남편은 눈을 부릅뜨고 미란을 책망하였습니다.

“너는 이 그림을 대체 무어라고 그렸나?”

“여자의 요염한 웃음을 그려보려 했습니다.”

"요염? 바보! 그런 요염이 어디 있어? 20년 동안을 내 문하에서 공부를 하고도 요염한 웃음 하나를 못 그린담? 그게 네게는 요염한 웃음 같으냐?

이 바보야, 그건 오히려 배고파서 우는 얼굴이다. 너 같은 제자는 쓸데없으니 오늘부터는 다른 스승을 찾아가라."

미란은 그 그림 때문에 파문까지 당하고 울면서 돌아갔습니다. 그 뒤에 벤트론은 아직 성이 삭지를 않은 소리로 아내에게 이렇게 말하였습니다.

"참 우인(愚人)같이 다루기 힘든 것은 없어! 다른 애들은 사오 년이면 완전은 못하나마 그래도 비슷한 그림 하나씩은 그려놓는데 20여 년을 내게서 밥을 먹고도 웃는 얼굴을 그리노라고 우는 얼굴을 그리는 그런 우인이 어디 있어."

'이렇게 비웃던 그 〈리디아〉가 어떻게 없는 남편의 유작 가운데 섞여 있었나. 뿐만 아니라, 그 우인의 우작이 당대의 제일가는 비평가 Y씨의 눈에 남편의 유작으로 비친 이런 창피스러운 일이 어디 있나.'

부인은 제가 만약 교양만 없는 여자였더면 이제라

도 달려가서 그림을 본 Y씨와 R공작을 죽여버리고 그 그림을 불살라버렸으리라고까지 생각하였습니다.

그러나 이튿날 의외의 일이 생겼습니다. R 대공작의 차인이 와서 부인에게 황금 5,000을 드리고, 그 우작 〈리디아〉를 가져간 기괴한 사건이었습니다.

부인은 무슨 영문인지를 몰랐습니다.

이래 3세기간 그 우작 〈리디아〉는 벤트론의 이름과 함께 더욱 유명해지고 더욱 값이 가서 각 부호며 귀족 혹은 왕궁들의 객실을 장식하다가 오륙십 년 전에 5만 파운드라는 무서운 금액과 교환되어 지금은 G박물관 벤트론실 정면에 가장 귀히 걸려 있습니다.

그리고 그동안 그 그림 앞에 섰던 모든 인류, 혹은 군소 작가며 비평가들은 다 꼭 같은 감탄사와 찬사를 그 미란의 우작 〈리디아〉에게 던지며 돌아서면서는 모두 다 이렇게 생각합니다.

'명화다. 사실 명화다. 대체 그 웃음은 무엇을 뜻함일까, 조소? 기쁨? 우스움? 요소(妖笑)? 사실 수수께

끼야. 벤트론이 아니면 도저히 그리지 못할 웃음이
다. 아아, 나는 왜 벤트론만한 재질을 못 타고 났나?'

목숨

　나는 그가 죽은 줄로만 알았다. 그가 이상한 병에 걸리기는 다섯 달 전쯤이다. 처음에는 입맛이 없어져서 음식은 못 먹으면서도 배는 차차 불러지고, 배만 불러질 뿐 아니라, 온몸이 부으며 그의 얼굴은 바늘 끝으로 꼭 찌르면 물이라도 서너 그릇 쏟아질 것같이 누렇게 되었다. 그의 말을 들으면 배도 그 이상으로 되었다 한다. 그렇다고 몸이 어디가 아프냐 하면 그렇지 않고, 다만 어지럽고 때때로 구역이 날 뿐이다.

　그는 S의원에 다니면서 약을 먹었다. 그러나 병은 조금도 낫지 않고 점점 더해갈 뿐이다. 마침내 그는 S의원에 입원하였다.

　나는 매일 그를 찾아가보았다. 그는 언제든지 안락

의자에 걸터앉아 있다가 내가 가면 기뻐서 맞고 곧 담배를 청한다. 예수교 병원이라 입원 환자의 담배 먹는 것을 금하므로 그는 내가 가야 담배를 먹는다. 간호부는 그와 서로 아는 처지이므로 다만 씩 웃고 볼 따름이다. 그의 뛰노는 성질은 병원 안에 가만히 갇혀 있는 생활이 무한 견디기 힘든 것 같았다.

그러는 동안, 나는, 무슨 일로 여행을 좀 하게 되어 그 준비로 이삼 일 동안 병원에 못 갔다가, 이삼 일 뒤에 작별을 하러 가니까 그의 병이 격변하여 면회 사절이라 한다. 원장은 마지막 그에게 죽음을 선고하였단 말을 들었다. 나는 그만 집으로 돌아왔다.

'그가 죽는다. 그 활기가 목 안에 차고 남아서 그 주위의 대기에까지 활기를 휘날리던 그가 죽는다. 믿을 수 없다, 사람의 목숨이란⋯⋯.'

나와 그와의 교제는, 때는 없었다. 그러나 깊었다. 나는 곤충학에 대하여 연구를 하고 있을 때에, 그는 시에 대한 천재로서, 그의 시는 때때로 신문이나 잡지상에서 볼 수가 있었다. 그렇지만 그와 나 사이에는 공통점이 있었다. 자연을 끝까지 개척하여 우리

인생을 정력뿐으로 된 세계를 만들어보겠다는 과학
자인 나와, 참 자기의 모양을 표현하고야 말겠다는
예술가인 그와는, 참 자기를 표현한다하는 데 공통점
이 있었다. 나와 그의 교제의 때는 없었으되, 깊은
것은 이와 같이 서로 주지상(主旨上)의 공통점을 토정
한 데 말미암았으리라. 그가 죽음을 선고받았다는 말
을 들을 때에 나의 놀란 것은 '사회를 위하여, 아까운
재자(才子)를 하나 잃는 것이 슬프므로'라고 하고는
싶지만, 그 실로는 이만큼 서로 통정한 벗(나에게는
그 M만큼 서로 이해하는 벗이 또다시 없다)을 잃어
버리는 것이 나 자신을 위하여 싫었다.

이튿날, 나는 마침내 되게 앓는 벗을 버려두고 오래
벼르던 여행을 강원도 넓은 평원으로 떠났다. 나의
여행의 목적은 곤충채집에 있다.

포충망과 독호(毒壺)를 가지고 벌판을 이리저리 두
달 동안을 돌아다닐 동안 은오절류(隱五節類), 호접류
(胡蝶類), 모시류(毛翅類) 등에 속할 진귀한 벌레를 많
이 얻었다. 이로 말미암아 죽어가는 대로 M을 얼마
동안 버려두고 잊고 있었다.

여행을 끝내고 돌아온 때에 내 책상에는 여러 장 편지가 있는 가운데 M의 편지도 있었다.

나는 죽는다. 원장까지 할 수 없다 한다. 나는 살아 있는 모든 사람을 미워한다. 그들에게 하루바삐 나와 같은 경우가 이르기를 바란다. 군에게도……. 그러나, 나는, 죽기 전에 군에게 이 대필 편지로써라도 작별은 안 할 수가 없다. 군을, '살아 있는 사람' 으로서 미워는 하지만 동시에 사랑하는 벗으로서는 죽기까지 잊을 수가 없다. 나의 이렇게 편벽된 마음을 군은 용서할 줄 믿는다.

이와 같은 뜻의 글이 M의 글씨가 아닌 글로써 병원 용전(病院用箋)에 씌어 있다.

개를 끝없이 사랑하던 애가, 개가 박살당한 뒤에 깨닫는 것 같은 외로움을 맛보면서, 나는, 이 편지를 쓰던 당시의 일을 머릿속에 그려보았다.

M은 뚱뚱 부은 몸집을 억지로 한 팔로 의지하고, 반만큼 일어나서, 대필인에게 구술을 한다. 대필인은

'살아 있는 모든 사람을 미워한다'는 조목에 와서는, 그런 구(句)는 그만두자고 한다. M은 낯을 찡그리고 목쉰 소리로 고함친다. 너는 이렇게 죽는 사람의 마지막을 무시하느냐고. 대필인은 놀라서 할 수 없이 쓴다. M은 맥난 몸을 덥석 병상 위에 도로 놓은 뒤에 눈을 감는다. 이제 곧 이를 죽음은 생각 안 나고, 그에게는 삶에 대한 끝없는 집착만 깨닫는다.

'나는 왜 죽느냐! 모든 사람은, 사람뿐 아니라 모든 동물은, 식물은 심지어, 뫼, 시내, 또는 바위까지라도 살아 있는데, 나는 왜 죽느냐. 전차가 다닌다. 에잇! 골난다. 모두 다 이 세상에 죽어버려라. 없어져라, 나와 함께 없어져버려라!"

끝까지 흥분된 그는, 벌떡 일어나 앉는다. 누렇게 부은 얼굴에는, 그대로 남아 있던 피가 모여서 새빨갛게 충혈이 된다.

'아, M은 죽었다.'

벗을 생각하는 정인지, 사람을 불쌍히 여기는 마음인지, 나의 눈에는 뜨거운 눈물이 떠올랐다.

남보다 곱이나 삶에 집착성에 있던 M은, 남보다

곱 죽음을 싫어하였을 것은 정한 일이다. 그런 M이, 자기에게 죽음이 이르렀을 때에 온 천하여 없어져버리라고 고함친 것이 무슨 이상한 일일까?

나는 곧 전화로써 S의원에 M의 무덤을 물어보았다. 벗의 혼을 위로하려는 정보다도, 나의 양심에 M에 대한 반정(反情)을 시인시키기 위해서 그의 무덤 위에 한 잔의 술이라도 붓지 않을 수 없었다. 병원 측의 회답은 요령을 얻을 수가 없다. M이라 하는 사람이 입원하였지만 완쾌하여 퇴원하였다 한다. 이름 같은 딴 사람인가 하여 다시 물어보았지만 자기는 아직 견습 간호원이니까 잘 모른다 하므로, 원장을 찾으니, 원장은 여행 중이요, 대진(代診)은 병중(病中)이요, S라 하는 M의 간호부는 이제 그만두었다 한다.

나는 교자에 돌아서 앉아서, 하하하하 웃기 시작하였다.

"M이 살았어! M이 죽고도 살았어! 죽음은 즉 삶의 밑이란 말인가? 하하하하"

그렁저렁 한 달이 지나서, 나흘 전 일이다.

한 달 동안을, 생각하여도 평안북도 이상으로는 생

각 안 나는 M의 고향을 또 생각하며 있을 때에, 사환애가 들어와서, 꼭 M 같은 사람이 찾아왔다 한다.

'M은 안 죽었다! 그러나, 이런 일이 능히 있을까? 원장이 내던진 환자를 누가 살렸을까? 그가 살아 있다! 견습 간호원의 전화, M이 죽으면 신문에도 났을 터인데, 나는 못 봤다. 그는 살았다.'

한 초 동안에, 이만큼 정돈된 생각이 머리에 지나가며, 흩어진 머리를 본능적으로 거스르며, 나는 문으로 뛰어나갔다. 문에 이르렀을 때에, M의 모양은 안 보였지만, M에게서 난 듯한 활기가, 그 근처 대기 중에서 맛볼 수가 있었다. 나는 문을 박차고 뛰어나가서, 마주치는 사람을 붙들었다.

"왔구만. 왔구만. 죽지 않구, 튼튼해서……"

"그만, 안 죽었네."

M의 목소리다. 나는 눈을 들어 M을 보았다. '언제 병을 앓았나?' 하는 듯한 혈기가 가득 찬 그의 얼굴은 정다운 웃음을 띠고 나를 들여다본다.

"자, 들어가세."

나는 그를, 안다시피 하여 응접실로 들어와서 함께

앉았다. 나는 물었다.

"그런데, 웬일이야?"

그는 물끄러미 보고 있다. 나는 그 '웬일'을 설명하지 않을 수 없었다.

"죽은 사람이, 다시 살아 다니니⋯⋯."

"사람의 목숨 한 개에 금 1전 5리의 정가표가 붙어야겠데."

이번은 내가, 물끄러미 그를 보지 않을 수가 없었다. 그는 설명하였다.

"이 감상 일기를 보면 알겠지. 어떻든 난 다시 살았네. 한 달 전에 퇴원해서, 한 달 동안을 유쾌한 여행을 하구. 지금은 전에 곱 되는 왕성한 원기를 회복해가지구, 자네 앞에 나타나지 않았나? 암만 왕성한대두 정가 금 1전 5리지만⋯⋯."

그는, 그의 특색인 악필로써 원고용지에 되는 대로 쓴 원고를 한 줌 내놓는다.

나는, 그 '1전 5리'의 이유를 빨리 알고 싶어서 원고를 빼앗는 듯이 하여 읽기 시작하였다.

나와 목숨
─ M의 감상 일기

조각글·1

생각다 못하여, 친척들의 친고를 들어서, 나는, 그리 아프지는 않되, 불유쾌하게 배가 저릿저릿하고 구역이 연하여 나오는 병의 몸을, 억지로 인력거에 싣고, 우리의 눈에는 현세 지옥으로 비치는 병원으로 입원차로 향하였다.

인력거의 검은 바퀴가 돌을 치고 들썩들썩 울릴 때마다, 그 불유쾌한, 오히려 극도로 아픈 편이 시원할 만한 배의 경련이 일어나며, 구역이 목에까지 나와서 걸려서 돌아간다.

하늘은, 망원경으로 내다보는 것같이 조그맣고 그

빛은 송화빛 이상으로 노랗고, 잿빛 이상으로 어둡다. 끝없이 노란 것 같기도 하고, 또는 곧 머리 위에서 누른 것 같기도 하다. 그리고, 거기는, 샛노란, 괴상한 구름이 속력을 역(力)하여서 인력거와 경주하자는 듯이 남편으로 달아난다. 샛노란 해는, 꼭 아마 맞은편에 정면으로 보아도 눈이 시지 않도록 어둡게 걸려 있다. 구름은 약간 있지만, 흐린 봄날대고는 맑은 셈이다. 그러나, 내 눈에는 겨울날보다도 더 어두웠다.

해도 어둡거니와, 그보다 더 어두운 것은 나의 머리이다. 별로 어둡고 무겁고, 내 살이라고 똑똑히 알지 못하리만큼, 온전히, 나의 몸과는 몰교섭인 살덩이가 염치없이 몸집 위에 올라앉아 있고, 몸집과 머리를 연한 그 이상한 무엇인지 모를 흐늘흐늘하는 앞으로 늘어진 것에게서는, 그치치[23] 않고 구역이 자꾸 난다. 구역이 나면서도 그것이 토하여지면 오히려 낫겠지만, 이 구역은 그것은 영문, …… 모를 것으로서, 몸속에서만 나고, 침은 뱉으면 몇 초가 못 되어 입으

---

23) 그치지

로 다시 차고, 또 뱉으면 또다시 차고 하며, 가슴에서 일어난 구역을, 꿀꺼덕 참으면, 그 구역은 배로 내려가서 한참 배에서 돌아가다가, 돌아서서 머리로 가서는, 모든 감각을 없이 하며, 도로 돌아서서 손가락으로 가서는 거게 경련을 일으킨다.

'죽어라.'

나는 저주한 뒤에 눈을 감았다. 눈을 감아서 밖에 감각이 적어지니, 죽게 불유쾌하던 그 경련과 구역이 아픔으로 변하고 만다. 경련보담은 아픔이 어찌 나은지 모르겠다. 숨을 편히 쉴 수가 있다.

'이것이다! 사람이란, 눈을 감은 뒤에야 처음으로 낙을 얻는다.'

나로서도 뜻을 모를 생각을 한 뒤에, 기껏, 먼지 많은 공기를 들이마셨다.

인력거는, 경종을 연하여 울리며, 험한 길의 돌을 차고 올라뛰면서 멀리서 천축까지라도 가는지, 한없이 한없이 달아난다. 11시 반에 인력거에 올라서 아직 오포 소리를 못 들었지만, 내게는, 하루를 지나서 그 이튿날 저녁이라도 된 것 같다. 시간을 좀 알고 싫었지만, 내 손에서 내 포켓까지는 몇 세기의 상거와 몇 백 리의 거리가 있으므로 못하였다.

참다못하여 눈을 떴다.

경종에 놀라서 후덕덕후덕덕 가로 뛰는 사람들은, 마치, 우리가 흔히 상상하는 바 지옥의 요괴들이 염라대왕 앞에서 춤을 출 때의 뛰는 모양, 그것이다.

"재미있다."

중얼거렸다.

무엇인지, 하늘의 요괴들이 모두 내려와서 나를 간지럼시키는 것 같다. 온 몸에 참지 못할 경련이 일어나고, 땀구멍마다 구역이 난다. 나는 칼이라도 하나 있으면 인력거에서 뛰어내려서 여남은 사람 찔러 죽이지 않고는 못 견디리만큼 긴장되었다.

내가 이 병(의사도 모르는)에 들리기는 두 달 전이다. 첫번에는 음식이 먹기 싫었다. 배는, 언제든지 불러 있었다. 자양분이 많다는 빵을 먹어보았지만, 그것도, 곧 도로 입으로 나왔다. 배는, 애 밴 계집애같이, 차차 불러오다가 며칠 지나서는, 그것이, 마치, 잘 익은 앵두와 같이 새빨갛고 말쑥하게 되어서, 바늘로 꼭 찌르면, 눈에 눈물 맺히듯 앵즙이라도 맺힐 듯이 되고, 그와 함께 그 반대로 얼굴에는, 눈에 충혈 된밖에는 핏기운 없이 노랗다 못하여 파랗게까지 되었다. 머리는 차차 무거워져서, 마지막에는 온 체중이 머리로 모였다가, 지금은, 머리와 몸집은 온전한 두 개체가 되었다. 나는 때때로 머리를 어디다가 처치할꼬 생각하였다.

정신은 하나도 없어졌다. 이전 공상에 나타났던 일과 실재와 일을 막 섞어서, 나는, 참 행복아의 즐거움도 누려보고 어떤 때는 그와 반대로 끝없는 비애로 속을 썩여본 일도 있다. 역사상의 유명한 사람 몇이와 우교(友交)까지 맺어본 일이 있었다. 때때로 현실의 병중인 내가 생각될 때는, 머리에서부터 냉수를 끼얹은 것 같은 소름과, 어떻다 형용할 수 없는 악마적 무서움이 마음을 깨뜨린다.

진단한 의사는, 누구든, 아무 표정 없이 돌아서고, 약이라고 주는 것은, 쓸데없는 물과 가루이다.

입원. 마침내, 나는 면할 수 없이 여기 마주치게 되었다.

망원경으로 보는 것같이 조그맣고 샛노란 하늘은 흔들리고, 죽음의 이상하게 범벅된 거리는, 그 하늘 아래서 아니 하늘 위에서…… 어딘지 모를 데서 목마른 소리로 지껄이고 있다.

구역을 참다못하여 눈을 또 감았다. 인력거는 그냥 한없이 달아난다. 눈가죽을 꿰고, 햇빛은 주홍빛이 되어 피곤한 시신경을 지나서, 목을 늘이고 있는 뇌에 가서, 싫다는 뇌를 잡아가지고 희롱을 한다.

오포의 쾅하는 소리를 들으며 눈을 뜨니, 인력거는 채를 놓으며, 눈앞에는, S의원의 시뻘건 지옥이 두 손을 포켓에 넣고 보기 싫은 웃음을 웃고 있다.

나는 흡력으로 말미암아, 스르륵 병원 안에 빨려들어갔다.

조각글·2

마치 지옥이다. 처참 산비(酸鼻), 어떻다고 형용할 수가 없다.

"우, 우, 우⋯⋯."

외마디의 신음하는 소리.

"아유, 아유, 아유⋯⋯."

단말마의 부르짖음.

시끄러운 전차 소리도 없어지고, 맞은편에서 생각나는 듯이 때때로 울리는 기차의 고동 소리만 들릴 때에, 아래, 위, 곁방, 할 것 없이 10리 사방에서 울려오는 듯한 귀곡성. 아아, 이 지옥이 아니고 무엇이냐, 전갈의 공격을 받는 병인들의 부르짖음이 아니고 무엇이냐. 무섭다든 어떻다든 형용할 수 가 없다. 떨린다. 맹렬히 달아나는 기차의 떨리는 투다.

'그렇다, 나는 달아난다.'

나는 생각하였다.

'죽음을 향하고 맹렬히 달아난다. 힘껏 뛰어라. 그러다가 악마를 만나거든? 때려라. 악마는 푸른빛이다, 네 붉은빛으로 그 푸른빛을 지워내려라. 그러면 자줏빛 된다. 자줏빛 불꽃이 된다.'

"아이, 사람 살류⋯⋯."

가까운 어느 방에선가 고함친다.

"바보. 자줏빛 불꽃으로 싸워라!"

"후……."

그 사람은 또 소리 지른다.

'담배가 있었것다.'

나는 벌떡 일어나서, 자리옷째로 침대에서 내렸다. 밖에서 들어오는 반사 빛으로 침대 자리 한편 귀를 들치고 아까 먹다가 감추어둔 담배를 꺼내 붙여 물고, 안락의자에 가서 걸터앉았다. 담배는 맛있는 것이다. 담배를 위생에 해롭다 어떻다 하는 의사들은 바보다. 그런 자들은 위생이 무엇인지를 분변하지 못하는데 천하 대바보다. 위생에는, 생리학상의 위생과 심리학상의 위생과 두 가지가 있다. 정신상으로써 몸의 건강을 보전하는 법과 직접 육체상의 위생으로써 몸의 건강을 보전하는 것과 두 가지가 있다. 담배는 정신적 위생에 드는 그 대표자일 수밖에 없다.

나는 폐로 기껏 들이쉬었던 담뱃내를 코로, 입으로, 뺨의 고즈넉함을 향하여 내다 뿜었다. 그것에 놀란 듯이 기적 소리가 한 번 날카롭게 난다.

누군지 큰소리로 하품을 한다. 목숨의 뿌리까지 토

하는 하품이다. 즉 거기 연하여 무서운 소리가 귀를 쳤다.

"아, 야, 아, 아, 아, 아유 죽겠다. 후……."

무서운 물건이, 눈에 머리에 떠오른다, 머리 쪼개진 사람이 침대 위에 누워 있다. 얼굴은, 왼편 **뺨께는** 모두 피가 적셔 시꺼멓게 되어있다. 머리에서 이마에 걸쳐서 붕대를 하고, 그 아래 시커먼 살 가운데 새빨갛게 된 눈만 반짝반짝한다. 표정 같은 것은 전연 없고, 다만 입을 반만큼 벌리고 있을 따름이다. 나는 **빠져** 없어졌다. 소리를 낼 때도 입은 못 움직인다. 혀만 끓는 기름같이 뛰놀 따름이다. 아픔은 바늘을 수만 개 꽂은 모자를 뇌에 씌우는 것 같은 아픔이다.

우르륵 몸이 떨린다.

그 곁 침대에는 팔을 자른 사람이, 붕대 속에 감춘 조그마한 팔을 보이지 않을 정도로 움직이고 있다. 또 곁에는 다리를 자른 사람이 있다. 또 그 곁에는 배 쨴 사람이 있다. 형형색색의 부르짖음이 거기서, 생과 산 사람을 저주하고 있다.

마치 무간지옥의 축소도다, 아니 확대도다.

"죽어라!"

큰 소리로 고함쳤다.

"죽겠다……."

누가 거기 대답같이 부르짖는다.

'그렇지만, 죽음이란 무엇인가?'

나는 생각하였다.

'죽음은 갈색이다. 그렇지만 그 이상으로는? 갈색이다. 갈색이다.'

알 수 없다. 나의 머리가 대단히 나쁘게 된 것을 마음껏 깨달았다.

'죽음은 갈색이다. 그리구…….'

더 모르게 된다.

"아이 죽겠구나, 죽겠구나."

꽤 멀리서 조그마한 소리가 들린다.

즉, 대단히 잔인한 일을 해보고 싶은, 막지 못할 불길이 일어났다.

'죽여줄라, 기다려라. 그편이 너희들에게는 오히려 편하리라.'

펜나이프가, 가지고 온 원고용지 틈에 있는 것을

생각하고, 나는 안락의자에서 휘들휘들 일어섰다.

아직껏 흐릿하니 보이던, 갈색 기둥과 흰 석회벽이, 시커먼 아니 시퍼런, 끝없는 넓은 대기로 변할 때에 나는 생각하였다.

'넘어진다.'

그 생각이 머리에 채 인상되기 전에, 눈앞에 번쩍하면서 나는 쾅, 그 자리에 넘어졌다.

조각글·3

아직까지 똑똑히 기억한다.

입원한 지 열이레째 되는 밤이다.

나는, 곤충을 만지고 있는 W를 걸핏 보면서 잠이 들었다.

아마 새벽 5시쯤 되었겠지, '형님, 형님' 부르는 나의 아우의 소리를 들었다. 집은 입원하기 전에 내가 있던 사주인(私主人)이지만, 저편 방에 동경 있을 아우도 있고, 고향 있을 어머니도 있는 모양이다.

나는 곧 '왜?' 하고 대답하였다.

그 뒤에는 아무 소리 없다.

한참 기다렸다.

또,

'형님 형님' 하는 소리.

'왜?' 나는 또 대답하였다.

한참 기다렸지만, 또 아무 소리 없다.

나는, 벌떡 일어서서 곁방문을 탁 열었다. 거기는 어머니도 없고, 아우도 없다. 뿐만 아니라 세간이라고는 하나도 없고, 텅텅 빈 방에 전둥빛만 맑게 빛난다.

나는, 꼿꼿이 섰다. 온몸에 소름이 쪽 끼친다.

이삼 초 동안 이렇게 서 있던 나는 자리에 누으려고,[24] 빨리 돌아섰다.

그때에, 아무것도 없던 저 모퉁이에 이상한 괴물이 나타난다.

갈색의 악마다. 뺨과 입 좌우편은 아래도 늘어지고, 눈은, 멀거니 정기 없고, 그러나, 그 속에는 바늘을

---

24) 누우려고

감춘 듯한 날카로움이 있다.

'갈색이다. 갈색이다.'

나는 속으로 부르짖었다.

그런즉, 그 악마는, 목쉰 소리로 '하하하하' 웃기 시작하였다. 나는, 갑자기 담대하게 되어서 그에게 물었다.

"무얼 하러 왔느냐?"

"무얼 하러? 난 여기 못 온대던?"

"못 오지, 못 와!"

"아니, 그렇게 성내지 말기로 하세. 곁방 사람 데리러 왔다가 너한테 좀 들러보러 왔다."

"들러볼 필요가 없다."

"아니, 넌 언제나 우리한테 와서 내 부하가 될지 그것 좀 보러 왔다."

"난 안 된다. 결단코 네 부하는 안 된다."

"하하하하."

그는 목쉰 소리로 방 안의 모든 물건이 쪼개져나갈 듯 웃었다.

"그럼 우리 상관이 될 작정으로 있니?"

"상관두 안 된다. 나는 결코 너희들 있는 데는 가지 않는다."

"며칠 동안이나……."

"며칠? 한 달, 두 달, 1년, 5년, 10년, 20년, 50년, 나 죽기까지……."

"언제나 죽을 것 같던?"

"그거야 하느님이 알지."

"흥, 하느님? 그것은, 참말루는 내가 안단다."

"거짓말이다. 거짓말이야!"

"그거야, 지나 보면 알걸. 하하하하하. 우리 그러지 말구, 서로 좋두룩 잘 타협해보세. 그래서……."

"타협두 쓸데없어!"

"그래서, 자네가 이담에 우리나라에 오면, 난, 자네에게 훌륭한 권세를 줄 테니."

"넌, 날 꾀니?"

"그때는, 자네에게 부러울 것이 무엇이야?"

"사람은 떡으로만 살지 않는다.

"그럼, 또 무어루 사노?"

"자기의, 발랄한 힘으로! 삶으루!"

"그 발랄한 힘, 그 발랄한 삶을, 네가 '다스리는 권세'를 잡았을 때에 쓰면 오직 좋으냐?"

"난 네 권리 아래 깔리기가 싫다!"

"그것이다……. 사람이란 것의 제일 약한 점은. 사람은, 다만 한갓 권리 다툼에 자기의 모든 장래와 목숨을 희생한다. 너두 역시 약한 물건이다.

"아니다, 사람의 제일 위대한 점이 거기 있다!"

"하하하하. 사람에게두 위대한 점이 있니? 그것은 우선 우리 사회에선 제일 약한 자의 하는 일인데……."

"알고 싶니?"

악마는 씩씩 웃고 있다.

"알기 싫다, 듣기 싫다"

"그럼 왜 물언?"

"다만 물어본 뿐이다."

"그럼 설명 안 해두 되겠지?"

"안 해두? 내가 물어본 뒤엔 설명하구야 견딘다."

"하하하하, 역시 듣고 싶긴 한 게로구나. 우리 사회에서 제일 강한 자가 하는 일은, '마음에 하구 싶은 것은 꼭 하구야 만다'는 것이다, 알았니?"

"그렇기에, 나두 너희한테 가기 싫기에, 꼭 안 가구 말겠단 말이다."

"그게, 사람의 지기 싫어하는 좀스러운 성질이란 말이다. 자, 마음속엔 가고 싶지?"

"난 다 ― 싫다, 다만 네가 **빨리** 물러가기만 기다린다."

"넌 내가 있는 것이 그리 싫으냐?"

악마는 노기를 띠고 묻는다.

"그렇다!"

"싫으면 이럴헐 뿐이다."

하면서, 그는 수리의 발톱 같은 손을 벌리고, 내게로 다가온다.

"앗! 앗!"

나는 조그마한 부르짖음을 냈다.

이 순간, 이것이 꿈이로다 하는 생각이 머리에 떠올랐다. 나는 온몸의 힘을 눈으로 모으고, 눈을 힘껏 벌렸다.

눈은 번쩍 떠졌다.

꿈이다, 하면서, 나는 어두운 길을 자꾸 걸었다.

저편 앞에는, 빛이 보인다. 빛을 향하여, 나는, 무제한으로 걸었다. 끝이 없다. 얼마나 걸어야 끝날지는 당초에 할 수 없다. 몇 시간, 아니 며칠을 걸었는지 모르겠다. 겨우 그 빛 있는 데 가서, 거기를 보니, 이 세상에도 이런 집이 있었겠는가 할 만한 광대한 궁전이 있다. 나는 그 궁전 안에 들어갔다. 어디가 출입문인지 알 수 없는 집이다.

나는 한참 돌다가 허락도 없이 남의 집에 들어온 것은 그른 일이다 생각나서 돌아서서 나가려 할 때에,

"M, 왜 나가나? 들어오게."

하는 소리가 들렸다.

나는 그편을 보았다. 낯은 익되 누군지 모르는 사람이다.

"자넨 누군가?"

"나? 아까두 만나보지 않았나? 자넨 정신두 없네."

나는 다시 그를 보았다.

악마다.

갈색 악마.

나는,

"어디 가나?"

하는 소리를 들으면서, 돌아서서 어둠을 향하여 자꾸 달아났다.

2만 3천 리는 뛰었으리라, 저편 앞에 큰 집이 있으므로, 구해달라고 나는 그 집으로 뛰어들어갔다.

그 집은 아까 그 궁전이다. 어디로 돌아서, 나는 아까 거기 돌아 왔다.

나는 또 돌아서서 달아났다.

몇 번 이랬는지 모르겠다. 도착하는 집은 모두 아까 그 집이다. 나는, 어찌할 줄 몰라서, 또 달아났다. 동천은 차차 밝아온다.

저편에, 누가, 콧소리를 하면서 온다.

"사람 살리우."

하면서 나는, 그에게로 뛰어갔다. 그는, 늙은이다. 그러고도 나의 아우다.

"형님, 왜 이러시우?"

"사람 살려라."

그는 내 설명을 안 듣고도, 벌써 아는 듯이, 자기가

아는, 권세가 무한 큰 사람이 있는데, 거기 가서 구원을 청하자고 한다.

둘이서는, 그리로 뛰어갔다.

참 훌륭한 집이다. 나를 거기 섰으라고 한 뒤에, 자기 혼자 먼저 들어가서 주인을 데리고 나온다.

그 역시 갈색의 악마다.

"너는, 나를 왜 이리 쫓아다니니?"

나는 악마에게 고함쳤다.

"내가 널 쫓아다녀? 네가 날 방문하지 않았니?"

그는 말한다.

"죽여주리라."

하면서, 어딘 듯 차고 있던 검을 빼 쥐었다.

"왜 그러세요?"

아우가 고함친다.

"이놈, 너두 저놈의 부하로구나."

하면서 나는 아우부터 먼저 치려 하였다. 어느 틈에 그는, 나의 목을 쥐고 흔들기 시작한다.

"사람 살리우!"

하면서 나는 눈을 번쩍 떴다.

"왜 그러세요?"

하면서 간호부가 나를 흔든다.

나는, 술 취한 것 같은 눈으로, S의 자고 깬 혈기 있는 얼굴을 쳐다보았다.

병이 갑자기 더해지기는 이날부터다.

조각글·4

오늘, 원장에게, 더할 수 없다는 선고를 받았다.

오후 2시쯤이다. 견디지 못할 구역을, 땀구멍마다 깨달으면서 잘 때에, 슬리퍼를 끌면서 오는 몇 사람의 발소리를 들었다.

가분가분 가만히 나는 것은, 어젯밤에 고향에서 올라온, 나의 어머니다.

대진의 발소리도 난다. 마지막의 독일 학자와 같이 뚜거덕 뚜거덕하면서도 질질 끄는 소리는, 코 위에 안경을 주어 붙이고, 그 안경이 내려지는 것을 두려워하는 듯이 머리를 잔뜩 젖히고, 한 손은 사무복에 넣고, 한 손은 저으면서 오는 양인인 원장의 발소리다. 나는, 그 발소리를 들을 때마다 눈살이 찌푸려지는 것을 깨닫는다. 발소리도 교만하게 울린다.

나는, 움직이기 싫으므로, 그냥 눈을 감고 코를 골며 있었다.

석회산과 알코올 냄새가 물컥 나며, 선뜩한 손에 내 손을 잡는다. 나는 그냥 코를 골며 있었다. 귀밑에서 째깍째깍하는 시계 소리가 어머니의 소리가 날 때에, 나의 소학교 때의 벗인 대진은 그 말을 못하게 하며 소곤거린다.

"어머님, 걱정 마세요. 하늘이 무너져두 솟아날 구멍이 있대지요, 아무련들……."

그들은 내 침대로 가까이 온다.

나는 눈을 번쩍 떴다.

그들은 놀라는 모양이다.

"어떤가? 좀 낫지."

대진 R은 웃는다.

"다 — 낫네."

나는 천장을 바라보면서 대답하였다. 이렇지 않기

를 원하였지만 목소리는 조금 떨렸다.

"이제 며칠 있으면 다 — 낫지."

"흥! 며칠?"

나는 아무 표정 없이 그의 말을 부인하였다. 어머니는, 아무 말 없이 서 있을 뿐이다. R은 잠깐 놀란다.

"R, 정말 가르쳐주게, 난 죽지, 살 수 없지?"

어머니의 우는 소리 곁에서 R의 부인하는 소리가 들린다.

"설마, 자네 같은 든든한 사람이 죽으면 이 세상에 살 사람 있겠나?"

나는 천장을 계산하기 시작하였습니다. 동서로 좀 장방형으로 된 천장을 정사각형으로 치려면, 동서에서 몇 치를 내어서 남북으로 붙여야 할지 나는 이제 잘 아는 바이다. 그것을 한참 계산하다가 나는 또 물었다.

"그래두, 아까 원장이 그러더만, 죽으리라구……."

대답이 없다. 어머니의 울음은 흐느낌으로 변하였다. 한참 있다가 R은 말한다.

"다 들었나?"

"것두 못 들으면 귀머거리지."

나는 공연히 성이 나서 R에게 분풀이를 하였다.

"아…… M, 걱정 말게. 하늘이 무너져두 솟아날 구멍은 있다니, 사람의 목숨이 그리 싼 줄 아나!"

좀 있다가 R은 말했다.

"사람의 목숨이 그리 비싼 줄 아나?"

그는 대답이 없다. 나는 두 번째 그에게 같은 말을 물었다.

"R! R! 정말 말해주게, 사람 살리는 줄 알구 정말루 말해주게, 죽었으면 죽을 준비두 상당히 해야겠기에 말이네!"

"난 모르네. 내 생각 같애서는 걱정 없는데 원장은 할 수 없다니 모르겠네."

그는 말하고, 어떻든 그리 마음 쓰지 말고 있으라고 한 뒤에 어머니를 데리고 나갔다.

나는 천장을 바라보았다.

거리에는 전차, 인력거, 자동차들의 지나가는 소리, 지껄이는 사람의 소리들도, 삶을 즐기는 것은 보지 않아도 알 수 있었다. 그런데 벽 하나 사이하고 있는

여기는,

"음 ─ 음 ─ 우 ─ 우 ─."

삶을 부러워하다 못하여 저주하는 소리로 변한 소리가 찼으니 어떤 아이러니한 일이냐?

자동차의 지나가는 소리와 함께 방이 좀 흔들린다.

'저 자동차 안에도 사람이 탔겠지, 나보담 삶을 즐길 줄을 모르는 자, 나보담 삶에 대한 집착이 적은 자, 혹은 옆에 계집이라도 끼고 가는지도 모르겠다. 음, 골난다. 그보담 더 살 필요가 있고 그보담 더 살 줄 아는 나는, 이 내 모양은, 무슨 모순된 일이냐.'

생각할 필요가 없다. 나는 죽는다. 이삼 일 뒤에 혹은 오늘이라도…….

나는 벌떡 일어나서, 머리 밑에 있던 잉크병을 쥐어서 거리로 향한 문을 향하여 내던졌다.

병은 문에 맞고 깨어져서, 푸른 물을 사면으로 뿌리면서 떨어진다.

하하하하, 나는 웃다가 놀라서 몸을 꼭 모두었다.[25] 사흘 전 꿈에 들은, 그 악마의 웃음소리(목쉬고도 모든 물건이 쪼개져나갈 듯한)를 내 웃음 속에서 발견하였다. 나는 도로 누웠다.

오히려 천연히, 나는 천장을 바라보았다.

'죽음'이란 이상한 범벅된 물건은, 아무리 하여도 머릿속에 들어앉지 않는다. 이상하다.

'내가 죽는다?'

나는 퀘스천 마크를 붙여서 생각해보았다. 아무리 하여도 이상하다. 기름에 물 한 방울 들어간 것 같다. 아니, 물에 기름 한 방울 들어간 것 같다.

'나는 죽는다.'

나는 다시 생각하였다. 즉, 차차, 차차 무거운 '죽음'이 머리에 들어앉는다.

'나는 죽는다. 왜? 나는 살고 싶은데 왜 죽어? 누가 나를 죽여! 살겠다는 나를 누가 죽여! 모든 사람은 죽었다. 그러나 나는 그냥 살고 싶다. 나의 발랄한 생기, 힘, 정력, 이것들을 마음껏 이 세상에 뿌리기 전에 내가 왜 죽어? 나의 활동은 아직 앞에 있다. 그것을 버리고, 내가 왜 죽어! 나는 결단코 안 죽으리라.

---

25) 모았다.

원장의 말이 무에냐!'

갑자기, 슬픈 것 같은 노여운 것 같은, 이상한 감정이 나의 머리를 짓누른다.

"죽는다!"

나는 고함쳤다.

그 뒤에 맥없이 눈을 감았다.

조각글·5

담배가 먹고 싶다. 견디지 못하도록 먹고 싶다.

문으로 내다보이는 저편 앞에 담뱃내 나는 것을 보면, 그것이라도 먹고 싶다.

담배 부스러기도 없다. 더군다나 성냥은 더 없다. 누구든 담배 한꼬치26) 주는 사람은 없느냐?

아, 마침내, 담배는 먹지 못하고 죽어버릴까?

---

26) 꼬치: '개비'의 평안도 방언

수술하였다. 배를 쨀 뒤에, 무엇이라든가를 꺼내고 무슨 쇠를 안으로 대고 얽어맸다 한다.

수술하기는 오전 10시쯤이다.

나는, 수술대로 가서 수술상 위에, 백정에게 끌려가는 양의 마음으로 올라누웠다. 원장은 내 목숨을 보증하지 못하겠다 하되, 나의 벗 대진 R이 아무래도 죽을지면 최후 수단을 써보자고 복부 수술을 하게 된 것이다.

R은 수술의를 갈아입은 뒤에, 매스, 집게, 이상하게 생긴 갈고리들을 소독한다.

마음은, 아무래도 내 몸속에 들어가 있지 않는다. 어떤 때는 소독하고 있는 R도 보고, 또 어떤 때에는 내 몸에서 이삼 척 떠서 나를 내려다보고 한다. 한참 나를 내려다보던 나의 마음은 또 R에게 향하였다. R은 내게 등을 향하고 간호부와 함께 그냥 기구를 만지고 있다.

'무엇을 저리 오래 하노……. 아니, 더 오래 해라,

할 수만 있으면 내년까지라도 하여라.'

내 마음은, 참다못하여 떠가서 R의 맞은편에 섰다. R은 메스를 소독하고 있다. 잘 들게 생겼다 저것이 내 배를 쑥쑥 쨀 것인가 생각하매 무서워진다. 참 잘 들게 생겼다. 그놈으로 견주면, 이 세상의 모든 물건이 겨냥만 하여도 썩썩 잘라질 것 같다.

마음이 내려앉지를 않는다.

'몇 시간 걸리는가.'

R은 맞은편에 있던 나의 마음은, 이런 생각을 하면서 돌아왔다.

그러나 내 몸속에는 역시 안 들어가고 이상하게 떨고 있다.

나는 일어날까 생각하였다. 몸이 수술대에 붙어 있지 않는다.

한 30분이나 걸린 뒤에 조수 몇 사람이 들어오며, R과 간호부는 내게로 온다.

마음은 화다닥 내 몸속에 뛰어들어와서 숨었다. 나는 힘껏 눈을 감았다.

달각달각하는 소리가 들다가 무엇이 입과 코를 딱

막는다.

'괴롭다'

생각할 동안, 에테르의 향기로운 냄새가 코를 찌른다.

마음은 차차 평화스레 몸에서 떠올라간다. 머릿속에는 서늘한 바람이 불면서 차차, 차차 재미스러워온다. 그 뒤는 모르겠다. 잠들 때에 눈에 걸핏 보인 것은, 그것은, 의사도 아니요 죽음도 아니요 또는 삶도 아니요, 무덕무덕 사람의 코 같은 데서 나오는 담뱃내다.

나는 어두운 길을 자꾸 걸었다.

'나는 시방 어디로 가는고?'

나는 생각하였다.

'응, 악마한테 간댔것다.

똑똑히 생각나는 악마한테, 가는 길을 나는 더듬어서 어둡고도 밝은 길을 걸었다.

나는, 어느덧 그의 광대한 집에 이르러 훌륭한 그의 응접실에 그와 마주 앉았다. 그는 오늘 사람의 모양(젊은이의)을 하고 빛나는 옷을 입고, 허리 띠에는 큰 불 붙는 돌을 차고 있다.

"왔나?"

"왔네."

"무얼 하러 왔나?"

"좀 부탁할 게 있어서 왔네."

"무얼."

"그런데…… 자네, 전에 잘 타협해보자구 안 그랬
나? 거기…….”

"하하하하, 사람이란 뜻밖에 정직한 물건이야! 거
짓말이야, 그건 다…….”

성도 안 난다. 나는 다시 물었다.

"거짓말이야?"

"그럼, 거짓말하면 나쁘나?"

"나쁘잖구!"

"그건 인간 사회에서 하는 말이라네!"

물어보기가 부끄럽지도 않다.

"우리 사회에선? 속이는 자는 영리하구, 속는 자는
미욱하다지."

"악마 사회는 다르다."

나는 웃었다.

"그럼 난 가겠네."

"왜? 자넨 나한테 물어볼 일이 있지 않나?"

그 말을 들으니 물어볼 말이 있었던 듯하다.

"응, 있네. 가만, 무에던가……."

"생각해보게."

한참 생각하였다. 그리고 물었다.

"난 죽은 뒤엔 무얼 되겠나?"

"되긴 무에 되어! 다만 내세에 갈 뿐이지."

"내세? 천국, 지옥?"

"하하하하 아무렇게 해석해두 좋으네, 그거 전세와 같은 내세가 있는 줄만 알면……."

"전세?"

그럴듯하다.

"그럼, 전세. 태월중(胎月中) 생활 몇 달, 또 그 전세 정액 생활 며칠, 또 그 전세두 있구……."

그럴듯하다.

"정액 생활에서 태내 생활루 들 때에, 정액이란 것은 죽어버리고 정충만 태와 태아로 변하지 않았나?

또 그것이 인간 생활로 변할 때엔, 태는 죽어버리구 태아만 사람으루 되지 않았나? 속에 영(靈)이란 것을 간직해가지구……. 그게 또 이제, 몸집을 벗어버리구 영만 내세루 갈 것은 정한 일이지……. 그 뒤엔, 또 내내세로 가구. 하하하하."

"정말인가, 거짓말인가? 자네 말은 믿을 수가 없네."

"아무렇게 생각해두 좋으네!"

"그럼, 자넨 무언가? 천국두 없구 지옥두 없으면 자네가 있을 필요는 무엔가?"

"나? 우리 악마라는 것을 그렇게 해석하면 우린 울겠네. 우리는 즉 사람의 정이구 사람의 본능이지."

그럴듯하다.

즉, 무엇이 기쁜지 차차, 차차 기뻐온다. 나는 일어서서 춤을 추기 시작하였다. 발이 땅에 붙지 않는다. 한참 재미있게 출 때에, 누가 내 발을 잡아당긴다.

"누구냐!"

"자네 아닌가?"

악마가 대답하였다.

"술이나 먹고, 춤추게."

나는 그에게 술을 실컷 먹인 뒤에, 어두운 길로 나섰다.

나는, 어느 전장에 갔다. 무변광야다. 대포 소리는 나지만 어디서 나는지도 모르겠다. 나 있는 데에는 대단히 밝되 저편은 밤과 같다.

총알이 하나, 내 배에 맞았다. 나는 꺼꾸러졌다.

총 맞은 데가 가렵다.

누가 와서 발을 잡아당긴다. 나는 벌떡 일어서서, 도로 어두운 데로 향하였다.

비슷비슷한 꿈을 수십 개 꾼 뒤에 깼다.

나는 어느덧 내 침대 위에 있고 밤이 되었다.

조각글·7

입원한 지 두 달, 수술한 지 한 달에 겨우 퇴원하게 되었다. 조선유수의 의학자라는 자에게 죽음을 선고받았던 나는, 그래도 다시 살아서 퇴원하게 되었다.

4년 만에, 너울너울한 조선복을 입고, 나는 편안히 안락의자에 걸터앉았다.

　나는 살아났다, 거짓말 같다.

　나는 퇴원한다, 더욱 거짓말 같다.

　내 죽은 혼이, 그래도 아직 인간 사회에 마음이 있어 헤맨다. 이것이 겨우 정말 같다.

　전차가 지나간다. 저것도 다시 탈 수 있다.

　사람들이 다닌다, 나도 저 사람과 같이 되었다.

　아, 이것이 참말인가?

　담배를 먹을 수 있다, 여기 이르러서는, 다만 공축(恐縮)할밖에는 도리가 없다.

　"기차 시간 되었네."

　"자, 이젠 가자."

　R의 소리와 어머니의 소리가 함께 내 귀를 친다.

　"다시 살아서 여행을 떠난다, 거짓말이다 거짓말이다."

하면서 나는 그들을 따랐다.

　그러나, R과 S의 작별을 받고, 어머니와 함께 큰 거리에 나서서 저편에 와글거리는 사람 떼를 볼 때

에, 조금씩 조금씩 머리에 기쁨이 떠오른다.

'맨날 죽음과 삶 사이에 떠돌며, 무서운 소리로 부르짖는 저 무리들에게도 하루바삐 나와 같은 기쁜 경우가 이르기를 원하며 마지않는다.'

나는 생각하면서, 너울너울, 어머니와 함께 사람들에 끼면서 담배를 붙여 물었다.

나는 보기를 끝내고 M을 보았다. M은 내 책상 위에서 어떤 잡지를 보고 있었다.

무슨 일이냐, 사람의 목숨을 이와 같이 보증할 수가 없느냐. 내가 맨날 다루는 곤충도, 빛으로 살로 그들의 목숨을 보증하며 짐승들도 그들의 체질로써 목숨을 보증할 수가 있는데, 동물의 영이라는 사람의 목숨이, 이렇게까지 철저한 자기로서는 보증할 수가 없고, 이와 같이 위험하기 한없는 의사에게 달렸다고야, 이 무슨 일이냐, 이 무슨 일이냐. M으로서 만약, 대진의 벗이 없었던들 오늘날 저와 같이 생기로 찬 몸을 얻어가지고 다시 만났을 수가 있을까?

나는 M을 찾았다.

"M."

"다 보았나?"

"사람의 목숨이, 이렇게까정 보중할 수 없는 물건이란 말인가?"

"이 세상에, 의사의 오진으로 몇 천만 사람이 아까운 목숨을 버렸을지, 생각하면 무섭데!"

"자넨 다행이네, 살아나서!"

"그렇지, 내게는 R이라는 좋은 벗이 있었기에……."

"살아났지, 그렇지 않으면 죽을 것을……."

나는 그의 말을 이었다.

"그래."

나는 좀 높은 곳에 있는 우리 집에서, 내려다보이는 장안을 둘러보았다.

거기 먼지가 보얀 것은 억조창생이 삶을 즐기는 것을 나타낸다. 아아, 그러나 그들의 목숨을 누가 보중할까? 의사의 조그마한 오진으로 그들은, 금년에라도, 이달에라도 죽을지 모를 것을…….

나는 다시 M을 보았다.

건강. 그것의 상징이라는 듯한 그의 둥그런 얼굴은, 빛나는 눈으로써 나를 보고 있었다.

무능자의 아내

1

기차는 떠났다.

어두컴컴한 가운데로 사라지는 평양 정거장이며 한 떼씩 몰려서있는 전송인들의 물결을 내다보고 있던 영숙이는 몸을 덜컥하니 교자 위에 내던졌다. 그리고 왼편 손을 들어서 곁에 앉아 있는 어린 딸 옥순이의 머리를 쓸었다.

"옥순아, 집에 도로 가고 싶지 않니?"

옥순이는 무엇이라 입을 움찔거렸다. 그러나 기차의 덜컥거리는 소리에 옥순이의 소리는 들리지 않았다.

잠깐 옥순이의 얼굴을 들여다보고 있던 영숙이는 어린 딸을 위하여 공기침에 바람을 넣어서 잘 준비를 하였다. 그리고 옥순이를 눕혀놓은 뒤에 자기는 교자 한편 끝에 바짝 붙어 앉아서 머리를 창에 의지하고 눈을 감았다.

비창하다고밖에는 형용할 수 없는 느낌이 그의 가슴을 무겁게 하였다. 그것은 괴롭고 무거운 기분이었다. 그러나 또한 어딘지 모르지만 통쾌하다는 느낌이 섞여 있는 기분이었다.

출분…….

어떻게 보면 오랫동안 계획했던 일이라고 할 수도 있고, 어떻게 보면 돌발적 심리라고 할 수 있는 괴상한 심리의 결과인 이번 행동에 대하여 영숙이는 자기 행동에 여러 가지의 변명을 하고자 아니 하였다.

그가 이번의 이 일을 머리에 첫번 그려본 것은 벌써 2년 전이었다. 방탕한 남편 방종한 남편, 무능자, 그러면서도 아내에게 대하여는 그 지아비로서의 온갖 권리와 심지어는 정도 이상의 호의와 희생을 요구하는 남편, 아내의 무지를 저주하면서도 자기의 무지를 자각하지 못하는 남편. 이러한 남편 아래서 육칠 년 동안을 그는 참고 살았다.

어떤 때에 그는 남편의 대리인이라는 명색으로 법정에 선 일도 있었다. 온갖 일에 대하여 참견하기 싫어하는 남편을 위하여 어떤 때에는 대금업자에게 돈 주선을 하지 않을 수 없는 경우도 있었다. 남편이 만나기 싫어하는 손님은 그가 대신하여 회견하였다. 차차 줄어들어가는 재산을 남편을 대신하여 관리하지 않으면 안 될 그였다. 이곳저곳에 널려 있는 토지의 소작인들과 일을 치르러 나가는 것도 영숙이의 직책이었다. 때때로 있는 관청 교섭조차 영숙이가 대신 보지 않으면 안 되었다. 말하자면 영숙이는 그 집안의 주부인 동시에 또한 가장이요 대표자였다.

집안의 온갖 일을 아내에게 맡겨두고 남편은 번번 놀고 있었다. 때때로 변변찮은 소설을 써서 발표하는 것과 방탕의 길을 밟는 것, 이것이 남편의 하는 일이었다. 그 밖의 일은 아무런 것이든 남편은 내버려두었다.

"오늘 지주회에 안 가 보세요?"

"흥!"

"오늘 강 건너 밭을 좀 돌아보러 가세요."

"흥!"

"대서소에서 사람이 왔는데요."

"흥!"

이리하여 남편이 내던진 일은 아내가 맡아보지 않으면 안 될 경우에 있었다.

영숙이의 성격은 활달하였다. 그는 여자로서의 온순함을 가지지 못한 대신 사내로서의 활발함과 능함을 가졌었다. 처음에는 남편이 하기 싫어하는 일을 마지못해 대신 보기 시작하였지만 그러는 동안에 그는 어느덧 그런 일에 대하여 흥미를 느꼈다. 그리고 거기에 따르는 긍지를 느꼈다.

'무능자인 남편을 대신하여.'

그의 마음에는 어느덧 이와 같은 자랑에 가까운 마음이 움 돋기 시작하였다. 이리하여 그들의 기괴한 부부 생활은 시작된 것이었다. 남편은 방탕의 길을 밟으며 때때로 생각나면 소설이나 쓰고, 그 밖의 사회에 대한 일이며 가정에 대한 일은 전혀 영숙이의 권리에 속하는 바가 되고 영숙이의 의무에 속하는 바가 되었다. 영숙이는 사회에 대한 그 집의 대표자였으며 또한 가정의 주군에 다름없었다. 그리고 남편은 그림자 엷은 한 식객에 지나지 못하였다.

2

그러던 남편이 갑자기 2년 전에 무슨 사업을 시작한다고 덤벼댔다. 그리고 아직껏 남아 있는 토지 전부를 저당을 하여서 2만여 원이라는 돈을 만들어가지고 토지 관개 사업을 시작하였다.

그러나 아무런 일에든지 숫자적 관념이 부족한 남편의 하는 일이 성공될 리가 없었다. 그해 가을로 그 사업은 총독부의 불허가라는 조건하에 폐쇄해 버리지 않을 수가 없었다.

다른 사업 같으면 재물을 헐가로 팔아서 하다못해 반 본전이라도 거두지만, 집어넣은 돈은 허가만 안 되면 한 푼도 거두지 못할뿐더러 원상회복이라는 데 오히려 밑천을 넣지 않으면 안 되는 것이었다. 이리하여 그 집의 거대하던 재산은 남편의 몇 해의 방탕과 관개 사업 실패에 한 푼도 없이 파산하지 않을 수가 없게 되었다.

이때에 남편은 후덕덕 경성으로 달아났다. 그리고 재산의 정리를 아내에게 일임하였다.

'출분……'

그때부터 막연히 영숙이의 머리에는 이런 생각이 맴돌았다. 더구나 그때 마침 남편의 책장에서 얻어내어 읽은 『인형의 집』은 그의 생각에 어떤 실행성까지 띠어주었다.

그는 노라가 왜 달아났는지 똑똑히 이해하지 못하였다. 헬머는 노라를 사랑하였다. 헬머는 현명한 남편이었다. 영숙의 남편과 같이 무능하고 무책임한 남편이 아니었다. 노라는 헬머를 존경하였다. 그러한 분위기 가운데에서 행복을 느끼고 있던 노라가 무슨 까닭으로 달아났는지 이것은 이지의 덩어리인 영숙에게는 이해하지 못할 일이었다. 그러나 그는 거기 나타나 있는 그 '통쾌'에 공명점을 발견하였다. 그때부터 그는 그것을 도저히 하지 못할 일이라 부인하면서도 마음의 한편 구석에서는 늘 출분이라는 생각을 하였다.

반년 뒤에 남편은 서울에서 돌아왔다. 그때는 그 집안의 재산은 영숙이의 손으로 전부 정리되고 정리한 나머지 수삼천 원의 돈이 있을 뿐이었다. 그러나 영숙이는 남편에게 그런 이야기는 하지도 않았다. 정리하니깐 한 푼도 남지 않았다 하였다.

남편은 거기 대하여 깊이 묻지도 않았다.

'출분…….'

이 생각은 나날이 영숙이의 마음에 일어났다. 그러나 그는 한 번도 거기 대하여 구체적으로 생각해본 적이 없었다. 전과 같이 역시 살림을 주관하였다. 전과 같이 옷감이며 기명도 끊임없이 사들였다. '출분'이라 하는 것은 그의 머리에 깊이 박혀 있는 희망이며 신념인 동시에 또한 한편으로는 아무 진실성도 띠지 않은 공상과 같았다. 여전한 살림은 그냥 계속되었다.

영숙이는 때때로 마음으로 발을 굴렀다. 호화롭고

금전에 아무 부자유가 없던 과거의 생활로써 미래를 미루어 볼 때에 발을 구르는 것뿐으로는 그 안타까움이 사라질 리가 없었다. 그러나 이렇게 속으로 발을 구를 때마다 그의 마음속에는 '출분'이라 하는 생각이 더욱 굳게 못박혀졌다.

3,000원(그가 지금 감추고 있는)으로는 넉넉히 5년간의 공부는 할 것이었다. 5년간의 공부는 여자로서 능히 한 집안의 생활을 유지할 직업을 구할만한 지식은 얻을 것이었다. 무능한 남편을 제쳐놓고 이제 이 집안을 먹여 나갈 용감스럽고 위엄성 있는 자기…… 이러한 그림자조차 언제부터인지 차차 그의 머릿속에 그려지기 시작하였다.

남편은 아무 말도 안 하였다. 남편의 마음은 단순한 것 같고도 남에게 알지 못할 깊은 곳이 있었다. 남편은 이 파산조차 모르는 듯이 거기 대하여는 일절 입을 여는 일이 없었다. 다만 뒷그림자가 어딘지 모르지만 외로워가고 얼굴이 초췌해갈 뿐 불평도 불만도 가책도 없는 모양이었다. 그리고 아침에 깨면 강에 나가서 낚시를 강에 던지고 고기가 와서 물기를 기다리며, 밤이 깊어서야 집에 돌아오고 하였다. 한숨조차 남이 듣는 데서는 그의 입에서 나온 일이 없었다.

3

그의 집에 집달리가 왔다. 그리고 몇 가지의 동산을 집행하였다.

여기서 영숙이는 마침내 결심하였다. 그리고 그 준비로서 팔아서 돈이 될 물건을 차례로 전부 돈으로 바꾸어두었다가 남편이 물아래(한 10여 리 되는 대동강 하류)로 낚시질을 내려간 기회를 타가지고 마침내 집을 떠나기로 한 것이었다. 남편이 산보할 때에 쓰는 모자에 '공부하러 떠나노라'는 간단한 글을 넣어놓고 사내아이는 할머니에게 맡겨놓은 뒤에 딸자식 하나만 데리고 남행 기차에 몸을 실은 것이었다.

그러나 급기야 떠날 때까지도 그의 마음에는 자기의 장래에 대하여 구체적으로 아무러한 복안도 가지지를 못하였다. 다만 막연히 서울까지의 차표를 사가

지고 떠난 것이었다. 뿐만 아니라 그의 마음속에는 이제 한 주일 이내로 다시 평양에 돌아와 그 집안의 주부 노릇을 할 자기를 어렴풋이 예상하고 있었다. 천하에 다른 모든 일은 불간섭주의이지만 두 자식에게 대하여만은 끔찍이도 헤아림을 가지고 있는 남편을 버리고 떠나는 그가, 더구나 공부를 하겠다는 결심으로 떠나는 그가 어린 딸 옥순이를 데리고 떠난 것도 여기에 대한 복선이라 할 수도 있었다.

물론 영숙이에게는 영락된 가정에 대하여는 아무런 집착도 없었다. 무능자인 남편에 대하여도 역시 그러하였다. 그러나 그의 조상이 수천 년간을 지켜온 바의 습관과 인습은 아무 애착도 없는 집안 일망정 다시 돌아와서 주권을 잡을 날과 때를 그에게 예상하게 한 것이었다.

쉽게 말하자면 그는 노라가 아니었다. 따라서 노라와 같이 공상과 막연한 추상적 관념 때문에 집을 떠난 것이 아니었다. 이즈음의 음울한 심사를 좀 삭이기 위하여 잠깐의 여행으로 떠나는 길에 전에부터 늘 그의 머리의 한편 구석에 잠겨 있던 '출분'이라

하는 공상을 극적으로 가미한 데 지나지 못하였다. 따라서 이번의 이 출분은 어떻게 보면 오래 전부터의 계획적 사건으로도 볼 수가 있는 동시에 어떻게 보면 공상이 낳은 한 연극에 지나지 못하는 것이었다.

그의 마음은 비창한 심사로 찼다. 기차는 비상한 속력으로 밤의 중화평원을 닫는다. 그 가운데 앉아서 눈을 감고서 이런 생각 저런 생각을 하고 있는 그는 그 비창한 생각 때문에 눈껍질 속에 눈물까지 고이려 하였다.

그는 그즈녁이 눈을 떴다. 어린애는 아직 자지 않는지 몸을 벅적벅적 긁고 있었다. 영숙이는 머리를 어린애에게 가까이 가져갔다.

"옥순아, 너 아직 안 자니?"

옥순에게서는 대답이 없었다. 그러나 눈을 슴벅슴벅하는 것이 어린애의 자지 않는 것을 증명하였다. 똑똑히 까닭은 모르지만 무슨 커다란 사건에 당면한 듯한 느낌으로 어린애는 잠을 못 드는 모양이었다. 영숙이는 옥순이의 겨드랑이로 손을 넣어서 가만히 어린애를 쳐들었다.

"옥순아, 왜 안 자니?"

옥순이는 손으로 눈을 부비면서 떴다.

"왜 상기 안 자니?"

옥순이는 졸음에 취한 듯한 눈을 차차 크게 뜨면서 어머니의 얼굴을 쳐다보았다. 몹시 영리하게 생긴 그 눈은 왜 그런지 영숙에게는 무엇을 인책하는 듯이 보였다. 영숙이는 옥순이를 끌어다가 뺨을 마주 부볐다. 그리고,

"너 어디 가는지 아니?"

하고 물었다. 옥순이는 머리를 설레설레 저었다. 그리고 마치 속삭이듯,

"몰라."

하였다.

"우리는 먼 데 간단다. 인제는 집에 도루 가지 않구…… 아버지와 오라비와 다시 못 만난다."

그는 입을 더듬어서 옥순이의 어린 입을 찾았다. 그리고 거기다가 자기의 온갖 정열을 다 부어서 입을 맞추었다.

그의 눈에서는 하염없이 눈물이 나왔다. 그 눈물을

감추기 위하여 그는 눈을 옥순이의 머리에 묻었다.

4

 이튿날 아침 서울에서 기차를 내린 영숙이는 어린 딸을 데리고 자기의 친구 은실이의 집을 찾아 들어갔다. 은실이는 영숙이의 친구인 동시에 은실이의 남편은 또한 영숙 자기의 남편과 가까운 벗에 다름없었다. 정확히 말하자면 은실이의 남편과 자기의 남편이 친구이므로 은실이와 자기도 자연히 사귀게 되었고, 사귀어 나아가는 동안에 서로 마음을 풀어헤친 벗이 된 것이었다.

 "너무 속상해서 좀 놀러 왔소."

 이런 간단한 변명으로 그는 자기의 이번 일을 설명할 뿐, 은실이에게 대하여서도 기어이 말하지 않았다. 남의 속사정을 알 길이 없는 은실이는 더 깊이 묻지도 않았다.

 그러나 이러한 가운데서도 영숙이의 마음은 어떤

기대로 늘 터질 듯이 긴장되었다. 서울로 온 지 이틀이 지나고 사흘이 지난 때부터는 그의 마음은 차차 긴장되기 시작하였다. 하루에 두 번씩 있는 북에서 오는 기차 시간 뒤 한 시간쯤은 그의 마음은 거의 터질 듯이 긴장되고 하였다.

자기가 만약 달아났다는 것을 알기만 할 것 같으면 남편은 한 기차를 유예하지 않고 서울로 올라올 것은 틀림없는 사실이었다. 남편이 자기에게 대하여는 아무 애착도 없는 것은 영숙이로서는 뻔히 아는 바였으나 딸자식 옥순이에게 대한 끝없는 사랑은 남편으로 하여금 그의 뒤를 따르지 않을 수가 없게 할 것이었다. 그리고 서울로 오기만 하면 그의 행방을 알아보기 위하여 첫발로 은실이를 찾아올 것도 또한 의심할 여지가 없는 사실이었다.

여기서 출발한 영숙이의 마음은 기차 시간이 지난 뒤 한두 시간씩은 안절부절 자기의 행동을 자기로도 제지할 수가 없이 긴장되고 하였다. 대문 소리가 날 때마다 그는 몸을 소스라치며 얼굴빛을 변하고 하였다.

"영숙이, 왜 그런지 늘 심사가 불편한 것 같아. 왜 그러우?"

은실이는 때때로 이렇게 물었다. 그럴 때마다 영숙이는 뜻 없이 씩 웃고 하였다. 그러나 그 웃음 아래 숨은 긴장으로 영숙이의 마음은 찢어지는 듯하였다.

한 주일이 지났다. 남편은 마침내 오지 않았다. 마지막에는 우편이 배달되는 시간까지도 몹시도 기다려보았으나 남편에게서는 한 마디의 편지조차 없었다.

'내가 출분하는 줄을 모르고 혹은 서울에서 며칠 놀다 내려오려는 줄만 알고 돌아오기를 기다리고 있지나 않나?'

이러한 생각조차 차차 그의 마음에 일어나기 시작하였다. 그리고 그는 그 마지막 편지를 눈에 띄기 쉬운 곳에 두지 않은 자기의 눈치 없는 일에 대하여서까지 후회하였다.

기대와 절망, 공포와 긴장이 교착된 열흘도 지났다.

아무리 가까운 친구의 집이라 하나 까닭 없이 서울로 올라와서 한없이 집에 묵어 있을 수도 없는 영숙이는 어떻게든지 자기의 몸을 처치하지 않을 수가 없었다. 그렇다고 자존심이 몹시 센 그로서는 은실이에게 자기가 출분하였다는 눈치를 노골적으로 보여서 다시 집으로 돌아갈 기회를 얻는다든가 하는 일은 생각해본 적조차 없었다.

천년 세월 하고 은실이의 집에 남편에게서 무슨 통지가 있도록 기다릴 수도 없고 이제 다시 머리를 숙이고 평양으로 돌아갈 수도 없는 그는 여기서 최후의 결심을 하지 않을 수가 없었다. 어떤 날 밤 하룻밤을 울어서 새운 그는 이튿날 저녁에 남행 열차에 몸을 실었다. 차표는 부산까지 샀다.

"부산은 뭘 하러 가오?"

이렇게 묻는 은실이의 물음에 영숙이는 먼 친척이 부산에 있다는 막연한 대답으로써 자기의 행방을 암시할 뿐 기차에 몸을 맡겼다.

그러나 급기야 기차가 경성역을 떠날 때에는 그는 자기의 앞에 커다랗게 막혀 있는 '생활'과 거기에 따르는 공포 때문에 어린 옥순이를 쓸어안고 울었다. 체면도 예의도 모두 잊어버리고 몸을 고민하듯이 떨면서 흐느껴 울었다.

5

사흘 뒤에 그는 동경 땅을 밟았다. 그때에는 벌써 그의 결심은 되어 있었다.

'아무 애착도 없는 가정을 버리자. 그리고 자기는 여자로서의 직업을 구할 만한 지식을 하나 배우자. 그것이 비록 무능자가 아니요 훌륭한 남편일지라도 남편을 힘입으려는 마음을 버리자.'

겨우 한두 마디밖에 통하지 못하는 영숙이의 일어에 대한 지식으로 어떻게 뉘 집 다락 하나를 얻은 뒤에 그는 어린 딸을 데리고 자취 생활을 하면서 일본말을 배우기에 온 힘을 썼다.

동시에 옥순이가 차차 귀찮아지기 시작하였다. 순전히 남편으로 하여금 자기를 다시 모셔가게 할 동기로 삼기 위하여 데리고 떠난 옥순이는 장래의 목적을 '공부'라는 것으로 변경한 지금의 그에게는 쓸데없는 것일뿐더러 오히려 온갖 일에 방해까지 되었다.

현대 여성의 온갖 조건을 다 타고난 그는 비교적 모성애라는 것에도 결핍한 사람이었다. 인습과 관념에서 나온 어떤 애정이었기는 하였지만 끊으려야 끊을 수 없는 강렬한 본능애는 가지지 못한 사람이었다.

아직 말을 통하지 못하는 어린애가 외로이 문간에 서서 낯선 통행인들을 쓸쓸히 바라보고 있는 모양은 평양 자기의 집에서 희희히 날뛰던 이전의 모양과 비교되어 그의 마음을 우려내는 듯이 아프게 하였지만 그것뿐이었다.

동정의 사랑, 그 이상의 위대하고 귀여운 모성애는 그다지 심하지 않았다.

그는 때때로 어린 옥순이를 끌어당겼다.

"옥순아, 갑갑하니?"

이해할 수 없는 환경의 돌변에 어린 옥순이의 마음은 바로 설 수가 없는 모양이었다. 그는 자기의 어머니에게 대하여조차 남에게 대하는 것과 같은 태도를 취하였다. 조심조심히 거의 들리지 않을 만한 작은 소리로 응 하고 간단히 대답할 뿐이었다. 그런 뒤에는 눈을 폭 내려뜨는 것이었다.

"도루 집에 갈까?"

그러면 어린 옥순이는 영리하게 생긴 눈을 다시 치뜨고 어머니의 얼굴을 말똥말똥 쳐다보다가 눈을 굴리며 입을 비쭉비쭉 울고 마는 것이었다.

어떤 날 저녁, 영숙이는 딸을 데리고 야시 구경을 나갔다. 이리저리 구경을 다니다가 어떤 잡지전 앞에까지 이르렀을 때에 옥순이는 그 자리에 딱 섰다.

"자, 가자."

두어 번 채근을 해보았지만 옥순이는 못 들은 체하고 그냥 서서 무엇을 들여다보고 있으므로 그도 호기심으로 옥순이의 바라보는 곳을 보니깐 그것은 어린애의 그림책이었다. 그래서 그것이 욕심나나 보다 하여 그 책을 집으려다가 영숙이도 또한 그 책에 호기심을 일으켰다. 그 책뚜껑에 있는 채색판의 어린애의 그림에는 영숙이가 평양에다 내버리고 온 아들, 옥순이의 오라비와 흡사히도 같이 생긴 아이가 그려져 있었다.

영숙이는 그 책을 7전을 주고 사서 옥순이를 주었다. 옥순이는 기쁜 듯이 그 책을 받아가지고 불빛에 비추어서 그 그림을 들여다보고 있었다.

"이게 누구 같으니?"

영숙이는 허리를 굽혀서 옥순이의 귀에 가까이 입을 갖다 대고 물었다. 옥순이는 기쁜 듯이 방싯 웃었다. 그 웃음은 평양을 떠난 이래 근 일삭을 옥순이에게서 보지 못했던 '참마음의 웃음'이었다. 그날 밤 영숙이는 한잠을 못 이루었다. 그리고 몇 차례를 운 뒤에 마침내 옥순이를 제 아버지의 집으로 돌려보내기로 결심하였다. 비록 강렬한 모성애는 못 가졌을망정 재래의 온갖 인연과 애정을 끊어버리기로 결심할 때에는 그에게도 아직 마음에 거리끼는 미련이 없지 않은 바가 아니었다.

이튿날 옥순이에게,

"아버지한테 갈까?"

할 때에 옥순이는 반가운 듯이 머리를 끄덕이며 그림책을 끌어당겼다.

6

(어떤 날 그것은 영숙이가 동경으로 건너온 지 20일쯤 지난 뒤였다.) 영숙이가 옥순이를 데리고 목욕을 갔다가 오니깐 주인 노파가 손님이 와서 기다린다는 것을 알게 하였다.

자기에게 손님이 있을 리가 만무한 영숙이는 가슴이 선뜩하였다. 자기 방으로 올라가보니깐 거기에는 그의 남편이 기다리고 앉아 있었다.

희열! 공포! 무엇이라 형용하기 어려운 이상한 감정에 그의 눈은 아득해졌다. 그는 허둥지둥 문설주를 잡으며 옥순이에게,

"아버지 오셨다."

하였다. 옥순이도 벌써 아버지를 보았다. 어머니가 제 손목을 놓는 것을 기다려서 비척비척 아버지에게로 가서 아버지의 무릎에 걸터앉았다. 그리고 으아 하고 소리를 내어 울었다. 이것은 옥순이가 집을 떠난 뒤에 처음으로 소리를 내어서 우는 것이었다. 남편은 한 순간 아내를 힐끗 볼 뿐 손을 들어서 옥순이의 머리를 쓸었다. 그리고 마치 무엇을 검사하듯 옥순이의 얼굴과 몸을 훑어보았다.

영숙이는 정신을 가다듬고 방 안에 들어와 앉았다. 그리고 손님을 대접하듯 방석을 남편의 앞으로 밀어 놓았다. 그러나 남편은 그런 것은 보지도 않고 사랑하는 딸만 이리저리 훑어보았다. 그때에 남편의 얼굴에는 그다지 기쁘고 반가운 듯한 표정도 없었다. 그렇다고 성난 얼굴도 아니었다. 10년에 가까운 날짜를 부부 생활을 할 동안 가장 영숙이를 괴롭게 하던 것이 남편의 이런 때의 표정이었다.

무엇을 생각하나? 마땅히 마음에 어떠한 감정의 호흡이 있을 일에 당면하여서도 천하가 태평하다는 듯이 온갖 표정을 죽여버리고 가장 무심한 얼굴을 하고 있는 이런 때가 남편의 가장 무서울 때였다. 무슨 커다란 결심을 한 때가 아니면 그는 결코 이런 표정은 한 일이 없었다. 그리고 일단 결심을 한 뒤에는 결코 번복하지 않으며, 그것을 남에게 절대로 알게 하지도 아니하는 사람이었다.

기괴한 희망…… 남편이 여기까지 찾아온 데 대하여 일루의 타협점을 걸핏 바라본 영숙이는 그 생각이 구체적으로 마음속에 조성되기 전에 취소해버리지 않을 수가 없었다. 영숙이의 표정도 문득 날카로 워졌다.

"이번에 옥순이 데리고 나가세요."

당연한 일이라는 듯이 남편은 코를 한 번 울릴 뿐이었다.

그날 남편은 어린 딸을 데리고 구경을 나갔다. 그래도 그렇지 않아서 영숙이는 스키야키를 준비해놓고 남편이 돌아오기를 기다렸으나 남편은 저녁때가 지나서야 돌아와서 옥순이를 들여보내고 자기는 여관으로 가버렸다. 가는 남편을 영숙이는 붙들지도 않았다.

이튿날 아침, 부처는 오래간만에 식탁에 마주 앉았다. 그러나 여관에서 벌써 조반을 먹고 온 남편은 의외로 두어 번 젓가락을 움직일 뿐이었다. 그리고 또한 옥순이를 데리고 거리로 나갔다. 그리고 본국에 남겨둔 아들을 위하여 몇 가지의 장을 보아가지고 돌아와서 그날 밤으로 귀국하겠단 말을 아내에게 하였다.

"하시구려."

영숙이는 간단히 대답할 뿐이었다.

남편은 아내를 데리고 가려고 아니하였다. 아내도 남편을 쫓아가려지 아니하였다. 비참한 기분 아래서 어린 딸 옥순이를 가운데 앉혀놓고 서로 말없이 앉아 있는 동안에 시간을 흘렀다.

나오려는 눈물, 나오려는 원망, 나오려는 한숨…… 이것들을 참느라고 악물고 있는 영숙이의 입술은 부들부들 떨렸다.

무슨 생각을 하는지 혹은 아무 생각도 안 하는지 남편은 무심히(영숙이가 일어를 연습하느라고 사다 둔) 어떤 여학생 잡지를 가장 흥미있는 듯이 읽고 있었다.

7

기차 시간이 가까웠다.

"차비 좀 주세요. 나도 귀국하고 말게……."

영숙이는 마침내 한 마디의 말을 시험으로 던져보

았다.

남편은 읽고 있던 잡지를 책상에 놓았다. 그리고 시계를 꺼내 보았다.

"에쿠, 시간이 거의 됐군."

남편은 아내의 말에는 대꾸도 안 하고 일어서서 아래층으로 내려갔다. 그 뒤에는 주인 노파에게 택시를 한 대 부탁하는 소리가 들렸다.

이때껏 비상한 조심성으로 말없이 앉아 있던 옥순이가 마치 집 잃은 아이같이 입을 비쭉비쭉하면서 일어서더니 큰일이나 난 듯이 아버지를 찾으며 울기 시작하였다. 아래층에서 아버지의 목소리가 위층으로 날아왔다.

"야, 울기는 왜 울어? 나 혼자 갈 것 같아서 그러니? 내려오너라."

옥순이는 비칠비칠 아래층으로 내려왔다.

모반함을 받은 분노와 자존심을 꺾인 불유쾌로써 영숙이는 내려가는 어린 딸의 뒷모양을 흘겨보았다. 옥순이는 아래층으로 내려가서 아버지의 품에 안긴 뒤에야 처음으로 안심한 듯이 울음을 그쳤다. 그 울음소리가 그치면서 남편이 주인 노파에게 이야기하는 소리가 들렸다.

"이봐요 아직 여섯 살, 난 어린애가 어미를 버려두고 애비를 따라 가겠다는구려. 애 어미라는 사람은 아이 어미 노릇을 할 자격이 없는 사람이야요. 마(뭐, 하여튼)— 사내구려. 여인이 아니야."

노파는 이층으로 올라왔다. 그리고 애원하듯이 영숙이의 손목을 잡았다.

"오쿠상(안주인. 아직도 노파는 영숙이를 오쿠상이라 부른 적이 없었다), 왜 단나사마(남편)를 따라서 귀국하지 않으세요?"

영숙이는 비웃음을 띤 점잖은 얼굴로 노파의 말대답을 대신 할 뿐 입은 열지 않았다. 그러나 이러한 가운데서도 영숙이는 희망과 절망과 공포로써 마음은 끝없이 긴장되어 있었다. 노파의 주선, 자기와 남편의 사이를 영구히 숙명적으로 연결시킬 어린 자식, 여기 대하여 얼마의 촉망을 하지 않을 수가 없는 그는 절망의 가운데서도 알지 못하는 희망으로 노파의 주선을 그대로 버려두었다.

노파는 몇 번을 위층으로 올라오고 아래층으로 내려갔다. 마지막에는 어린 옥순이까지 얼러보았다. 그러나 모든 일이 헛되이 돌아갔다. 남편은 노파의 간청을 웃음으로 대답할 뿐이었다. 어린 옥순이는 아버지의 몸에 꼭 안겨서 떨어지지를 않았다.

　　영숙이도 마침내 온갖 미련을 끊어버리지 않을 수가 없었다. 마지막에 노파가 올라와서 영숙이에게 '내려가서 영감의 팔을 잡고 늘어지라'는 부탁을 할 때에 영숙이는 마침내 거절하는 태도를 노골적으로 나타내지 않을 수가 없었다.

　　"인젠 그만두어요. 그런 무능자를 따라서 귀국했다가 밥바가지 들고 다니게…… 생각만 해도 진저리가 나요."

　　그는 이렇게 거절해버렸다.

　　택시가 왔다.

　　남편과 옥순이가 택시에 오르는 소리, 서로 작별하는 소리, 그 뒤에는 택시의 떠나는 소리가 들렸다. 아직껏 무서운 참을성으로 참고 있었지만 영숙이는 더 참지 못하여 그 자리에 쓰러졌다. 그리고 마치 어린애와 같이 발버둥을 치며 울었다.

"오쿠상, 진정하세요. 그러게 내 그러지 않더냐구. 단나사마를 왜 따라가시지 않았어요?"

영숙이는 벌떡 일어났다. 그리고 갑자기 일본말이 나오지 않는 그는 조선말로 노파를 욕을 하였다. 그런 뒤에 눈물을 씻고 남편이 잊어버리고 간 궐련을 끌어다가 한 개 붙여 물었다.

8

남편이 귀국한 지 한 주일 뒤에 영숙이도 귀국했다.

아직도 자기는 똑똑히 그렇다고 생각해본 일은 없었으나 동경에서 공부를 준비하고 있던 그의 마음 한편 구석에는 온전히 그 공부를 문제 밖으로 삼고 이제 다시 귀국하여 그 집안의 주부로서 일을 할 생각이 늘 움직이고 있던 것이었다. 더구나 비교적 영리한 그는 자기의 나이(그는 벌써 스물여덟이었다)가 이젠 공부할 시기가 지났다는 것도 깨달은 것이었다.

막연히 남편이 자기를 맞으러 올 때를 꿈과 같이 기다리고 있던 그에게 그의 예상대로 남편이 오기는 왔으나 자기는 돌아보지도 않고 어린 옥순이만 획 채어가지고 귀국해버렸는지라 이제 더 동경에 혼자서 묵고 있는 것은 온전히 무의미한 일이었다.

더구나 옥순이까지 잃은 뒤에 시시각각으로 늘어가는 그의 적적함은 그로 하여금 낯선 동경에 그냥 묵고 있지를 못하게 하였다.

그는 귀국해서 곧 자기의 오라비를 남편의 집에 보내어 이혼 수속을 요구하였다. 그러나 남편은 꿈질꿈질 얼른 처결을 내리지 않았다.

영숙이의 평판이 평양에서는 매우 나빴다. 점잖은 집 딸, 명가의 아내, 두 아이의 어머니, 조강지처, 이러한 사람이 가정과 남편과 자식을 버리고 달아났다 하는 것에 평양 시민의 노여움이 발한 것이었다. 더구나 남편의 재산이 다 없어지는 것을 기회로 달아났다 하는 것은 더욱 그들의 노여움을 돋우었다.

영숙이가 어떻게 길에라도 나가면 뭇 사람들이 그

를 손가락질하였다. 이전에는 가깝게 사귀던 사람이 그를 만나면 힐끔 돌아서버리는 사람조차 흔히 있었다.

거기에 대한 반항적 태도로써 부러 머리를 들고 평양 시내를 일없이 한동안 돌아다녀보았으나 그는 마침내 평양을 떠나서 서울로 올라가기로 결심하였다.

더구나 그 결심 가운데에는 용감스럽게도 자기의 장래를 개척해보겠다는 장한 희망까지 섞여 있었다.

그의 그때의 결심에 의지하건대, 그는 서울로 올라가서 여성해방 운동의 한 거두가 되지 않으면 안 될 것이었다. 자기의 남편이 사회에서 얻은 소설가로서의 명망보다 훨씬 더 크고 빛나는 명망을 짊어지지 않으면 안 될 것이었다. 헬머의 집에서 벗어난 노라가 이 뒤에 다시 헬머 앞에 나타날 때에는 헬머로 하여금 머리를 숙일 만한 인격과 명성을 얻지 않으면 안 될 것이었다. 이만한 결심 아래 그는 평양을 뒷발로 차던지고 서울로 올라갔다.

서울의 그의 동무들은 영숙이를 어쨌든 맞아주었다. 조선의 노라, 인습을 때려부순 용사, 가정과 남편을 뒷발로 차버린 투사⋯⋯ 이러한 여러 가지의 명예 있는 이름으로써 그들은 영숙이를 맞아주었다.

그러나 기실 영숙이는 노라가 아니었다. 노라는 헬머의 집안의 한 인형이었던 데 반하여 영숙이는 남편의 집 주권자요 주재자였으며 겸하여 대표자였다. 다만 그와 노라가 공통되는 점은 가정과 남편과 두 아이를 내버리고 달아난 것뿐이었다. 그러나 노라가 가정과 남편과 자식을 버리고 달아난 데 대하여 자세하고 완전하게 이해를 못 가진 영숙이는 자기를 그 유명한 문호입센이 세상에 보여 준 한 대표적 이상적 여성 노라와 같은 사람으로 믿은 것뿐이었다. 그의 동무들이 아무 비난 없이 대함으로써 그는 이 신념을 더욱 굳게 하였다. 그리고 그는 거기서 자기에게 있는 영웅적 일면을 발견하고 스스로 오히려 기뻐하고 자랑스럽게 생각하였다.

'노라, 조선의 노라.'

그는 때때로 혼자서 뇌어보고는 만족한 듯이 빙그레 웃고 하였다. 그리고 아무런 후회나 자식에 대한 미련을 느끼지 않았다.

9

1년이 지났다.

그의 주위에도 한 그룹이 생겼다. 그것은 모두 영숙이와 같이 가정과 남편을 뒷발로 차던지고 뛰쳐나온 사람들로 조직된 그룹이었다.

그들은 모이면 남성의 포학함을 욕하였다. 남성, 더구나 남편이라는 남성의 우월감과 거기에서 나온 압제를 저주하였다. 그리고 여자의 해방을 부르짖었다. 우리도 사람이다 하였다.

그리고 아무 불평과 불만이 없이 가정생활을 하는 친구들을 찾아다니면서 가정에서 뛰쳐나오기를 권하였다. 남편을 반역하기를 권하였다. 그리고 그들의 유일의 표어는 인습을 벗어버리라는 것이었다.

그러는 가운데서도 그를 가장 괴롭게 한 것은 때때로 폭풍우와 같이 그를 엄습하는 성욕의 물결이었다. 서른 과부, 가장 성적 충동을 느낄 시기에 있는 그는 때때로 무섭게 몸과 마음을 엄습하는 성욕 때문에 눈이 어두워지고 정신이 아득해지는 때까지 있었다.

어떤 가을날 저녁, 이날도 성적 충동 때문에 몸과 마음을 걷잡을 수가 없던 그는 후다닥 산보를 나갔다. 그리고 이 골목에서 저 골목으로 돌아다니던 그는 어떤 좁은 골목에서 술에 취한 사람 하나를 만났다. 영숙이는 길을 비켜주느라고 어떤 집 담장을 꼭 끼고 섰다.

　취한 사람은 영숙이의 앞에까지 왔다. 그러나 지나가지는 않고 딱 멈추고 서서 영숙이를 들여다보았다. 처음에 영숙이는 침이라도 탁 뱉어주고 가버리려다가 이상한 호기심으로 태연히 마주 바라보아주었다. 취한 사람은 눈의 초점을 맞추는 듯이 얼굴을 이리 찡그리고 저리 찡그리며 한참 영숙이의 얼굴을 바라보다가 그만 혼자서 하하하하 하고 웃더니,

　"난다 파파이지야 나이카(뭐야, 노파 아니야?)"
하고는 비틀비틀 걸어가버렸다.

　"오라질!"

　영숙이도 마주 저주를 하였다. 그리고 노여움으로 흥분이 되어 씩씩거리며 집으로 돌아와버렸다.

　그러나 그 뒤부터 영숙이는 차차 화장에 몹시 힘을

쓰기 시작하였다.

　무능자인 그의 남편은 무얼 하나? 가정에서는 아무 것도 모르는 한 바보였지만 사회적으로는 예술과 소설가의 한 거두로서 이름 있던 그의 남편은 이즈음은 아무것도 쓰는 것이 없었다. 그의 반대파에서는 그를 청산하였다고 기뻐들 하였다.

　본시 자기에 대한 비평이나 반박에 대하여는 일절 응답을 안 하던 그는 역시 침묵을 지키고 있을 뿐이었다.

　영숙이는 그것을 자기의 힘으로 믿었다. 자기가 아직껏 그의 집안의 현부로서 온갖 일을 다 살펴주어서 그로 하여금 집안에 대하여는 마음 놓고 창작의 붓을 들게 하였기에 그의 문명이 올랐지, 자기를 잃어버린 그는 지금은 다만 한낱 바보에 지나지 못할 것이었다. 집안의 가장과 주부를 겸하여야 할 지금의 그, 어린애들의 아버지와 어머니 노릇을 겸해야 할 그, 더구나 가난에 싸인 그가 아무것도 하지 못할 것은 정해둔 일이었다.

　'인제야 저도 다 됐지.'

때때로 영숙이는 자랑에 가까운 마음으로 이렇게 자기에게 이야기하고 하였다. 그리고 그러한 태도를 남에게 나타내기도 결코 주저하지 않았다.

"글쎄, 봐요. 바보라우 바보야. 제가 무얼 하나. 내가 있었기에 이러구저러구 했지 할 게 뭐란 말이오? 아마 그 사람을 직접으로 모르는 사람들은 훌륭하게 알겠지? 그렇지만 급기야 만나보면 우스워요."

그는 친구들에게 이렇게 자랑하였다. 그리고 여성의 위대한 힘을 더욱 과장하였다.

10

또 1년이 지났다.

그때에 아직껏 침묵을 지키던 영숙이의 전남편의 소설이 오래간만에 어느 잡지에 발표되었다. 그다음 달에는 소설 세 편이 발표되었다. 그 뒤부터는 다달이 몇 편씩 발표되었다.

영숙이는 의외의 마음으로 이 광경을 바라보았다.

그때 영숙이는 새 남편을 맞아가지고 새로운 살림을 시작한 때였다.

그의 동지들도 대개 한 사람 혹은 몇 사람씩의 소위 '제비'를 달고 있었다. 영숙이의 지금 남편은 영숙이의 어떤 친구 '제비'이던 사람이었다.

그러나 이때 영숙이는 차차 자기의 생활과 미래에 대하여 불안을 느끼기 시작한 때였다. 더구나 그 불안 속에는 커다란 불유쾌조차 있었다. 자기라는 한 여성은 '시대의 한 희생물'에 지나지 못하지나 않나 하는 것을 어렴풋이 자각한 데에서 나온 커다란 불유쾌였다. 그것은 명료하지 못한 불유쾌였다. 그러나 가슴을 우려내는 듯한 아픔에 다름없었다.

영리한 그는 지금 남편과 언제든 백년해로를 속삭이면서도 이 살림이 며칠을 계속하지 못할 것을 막연히 느꼈다. 그런 뒤에는 또 한 남편을 구하지 않을 수 없을 것이었다. 셋째에서 넷째로, 넷째에서 다섯째로…… 이렇게 지낼 동안 자기의 얼굴에 주름살만 잡히면 그때는 온갖 파멸이 이를 것이었다.

지금 매일 신문지는 새로운 여성이 가정을 버리고

뛰어나오는 것을 보도한다. 그리고 그것은 모두들 영숙이와 마찬가지고 아무러한 완전한 자각도 없이 혹은 일시적 반항심을 혹은 일시적 들뜸으로 혹은 남의 권고에 넘어가서 자기의 장래라는 것은 고찰해볼 여유도 없이 뛰쳐나오는 것이었다. 그리고 그러한 현상은 이후에도 끊임없이 계속될 것이었다. 그리하여 20년, 30년, 혹은 50년이 지나서 영숙이 같은 선구자들이 어떠한 말로를 지었는지 '역사'라 하는 것이 예증을 들게 될 때에야 비로소 그칠 것이었다.

그러면 자기라 하는 한 여성은 후인을 경계하는 한 표본에 지나지 못하나, 할 때에 그는 온몸을 떨었다. 그리고 제 장래를 위하여 마음은 늘 전전긍긍하였다.

그리고 그러한 심리의 결과로서 그는 지금의 이 남편만은 어떻게 해서든 잃지 않으려고 온 수단을 다 썼다. 자기보다 나이 어린 남편의 사랑, 좀 하면 튀어나가려는 그 사랑을 구하기 위해 그는 별 아양을 다 부려보았다.

전남편의 가정에서 주권자요 주재자이던 그는 이번의 이 가정에서는 뚝 떨어지면서 인형의 지위는커

녕 피정복자의 지위조차 잃어버리지 않으려고 온 수단과 노력을 다 쓰지 않으면 안 될 지위에 있었다. 그리고 지금 남편의 환심을 사기 위하여는 그는 전남편에게서 달아날 때에 가지고 나온 3,000원의 돈(아직껏 꼭꼭 싸서 감추어두었던 것)조차 내놓기를 주저하지 않았다.

이리하여 커다란 불안과 노력 아래 영숙이의 두 번째 가정생활은 차차 진행되었다.

또 반년이 지났다.

그때에 신문은 영숙이의 전남편의 혼약을 보도하였다.

고독한 가운데에서 비상한 정력으로 창작을 하던 씨는 전 부인이 출분한지 3년 되는 이 여름에 ○○○양과 가연을 맺어 운운…… 신문의 '문단 소식란'에 이러한 기사가 났다.

그때의 영숙이는 두 번째의 가정생활조차 깨어져버리고 자기의 입을 치기 위하여 거리에서 웃음을 파는 한 직업여자가 된 때였다.

영숙이의 두 번째 가정이 깨어진 데 대하여는 영리한 영숙이로도 그 이유를 똑똑히 알 수가 없었다. 영숙이가 전남편의 집에서 뛰쳐나온 것과 같이 그 이유는 지극히 막연한 것이었다.

　"이다음에 돈 많이 벌어가지고 다시 만납시다."

　이 한 마디를 마지막 말로 남겨놓고 남편은 나가서 다시 집에 돌아오지 않은 것이었다.

김동인

(金東仁, 1900~1951)

소설 작가, 문학평론가, 시인, 언론인.

본관은 전주(全州)이며 호는 금동(琴童), 금동인(琴童仁)이며, 필명으로 춘사(春士), 만덕(萬德), 시어딤을 썼다.

평안남도 평양 출생.

1919년의 2.8 독립선언과 3.1 만세운동에 참여하였으나 이후 소설, 작품 활동에만 전념하였고, 일제강점기 후반에는 친일 전향 의혹이 있다. 해방 후에는 이광수를 제명하려는 문단과 갈등을 빚다가 1946년 우파 문인들을 규합하여 전조선문필가협회를 결성하였다. 생애 후반에는 불면증, 우울증, 중풍 등에 시달리다가 한국전쟁 중 죽었다. 평론과 풍자에 능하였으며 한때 문인은 글만 써야 된다는 신념을 갖기도 하였다. 일제강점기부터 나타난 자유연애와 여성해방운동을 반대, 비판하기도 하였다. 현대적인 문체의 단편소설을 발표하여 한국 근대문학의 선구자로 꼽힌다.

1907~1912년 개신교 학교인 숭덕소학교

1912년 개신교 계통의 숭실학교에 입학

1913년 숭실학교 중퇴

1914년 일본에 유학하여 도쿄학원 중학부에 입학

1915년 도쿄학원의 폐쇄로 메이지학원 중학부 2학년에 편입

1917년 아버지의 사망으로 일시 귀국 많은 재산을 상속받음. 메이지 학원 중퇴

1917년 9월 일본으로 재유학, 일본 도쿄의 미술학교인 가와바타화숙 에 입학하여 서양화가인 후지시마 다케지의 문하생이 됨

1918년 12월 이광수·최팔용·신익희 등과 함께 2.8 독립선언을 준비함

1919년 2월 일본 도쿄에서 주요한을 발행인으로 한국 최초의 순문 예동인지 『창조』를 창간, 단편소설 「약한 자의 슬픔」을 발 표하며 등단함

1919년 2월 일본 도쿄 히비야 공원에서 재일본동경조선유학생학우 회 독립선언 행사에 참여하여 체포되어 하루 만에 풀려남

1919년 3월 5일 귀국한 후 26일 동생 김동평이 사용할 3.1 만세운

동 격문을 기초해 준 일로 체포되어 구속되었다가 6월 26일 집행유예로 풀려남

1919년 「마음이 옅은 자여」, 1921년 「배따라기」, 「목숨」 등을 발표하면서 예술지상주의를 표방함

1923년 첫 창작집 『목숨』(시어딤 창작집, 창조사) 발간

1924년 8월 동인지 『영대』를 창간, 1925년 1월까지 발간함

1925년 「명문」, 「감자」, 「시골 황서방」 등 자연주의 작품 발표

1929년 「근대소설고」 발표(춘원 이광수의 계몽주의문학과에 대립되는 예술주의문학관을 바탕)

1930년 「광염소나타」, 「광화사」 등의 유미주의 단편 발표

1930년 9월~1931년 11월 동아일보에 첫 장편소설 「젊은 그들」을 연재하였으며, 1933년 「운현궁의 봄」, 1935년 「왕부의 낙조」, 1941년 「대수양」 등은 연재한 대표적인 작품임

1932년 7월 문인친목단체 조선문필가협회 발기인, 위원 및 사업부 책임자를 역임. 동아일보 기자

1933년 4월 조선일보에 입사 조선일보 기자 겸 학예부장으로 약 40여 일 동안 재직

1934년 이광수에 대한 최초의 작가론 「춘원연구」 발표

1935년 월간잡지 『야담』을 인수하여 1935년 12월부터 1937년 6

월까지 발간

1937년 수양동우회 사건으로 구속되었다가 풀려난 뒤 전향의혹을

    받음

1942년 일본 천황에 대한 불경죄로 두 번째 옥살이

1946년 1월 전조선문필가협회 결성을 주선하는 한편, 일제 말기에

    벌어진 문학인의 친일행위 등을 그린 「반역자」(1946), 「만

    국인기」(1947), 「속 망국인기」(1948) 등의 단편을 발표

1951년 1월 5일 서울 성동구 하왕십리동 자택에서 사망

1955년 사상계사에서 그의 문학적 업적을 기려 동인문학상을 제정

도쿄 유학시절 이광수·안재홍·신익희 등과 친구로 지낸 김동인. 1919

년 창간된 『창조』를 중심으로 순문학과 예술지상주의를 내세웠으며,

한국어에서 본래 발달하지 않았던 3인칭 대명사를 처음으로 쓰기 시

작한 게 김동인이다.

김동인은 평소 이상주의에 깊은 공감을 가지고 있었으나 파리강화회

의에 김규식 등 한국인 대표단이 내쳐졌다는 소식을 듣고 상심하여

회의적이고 냉소적으로 변했다고 전한다.

1920년대부터 가세가 몰락하면서 대중소설에 손을 대기 시작했다.

신여성의 자유연애에 부정적인 태도를 표출했던 김동인은 신여성 문사 김명순을 모델로 삼은 『김연실전』에서 주인공 연실을 "연애를 좀더 알기 위해 엘렌 케이며 구리야가와 박사의 저서도 숙독"했지만, 결국 "남녀 간의 교섭은 연애요, 연애의 현실적 표현은 성교"라는 관념을 가진 음탕한 여자, 정조관념에는 전연 불감증인 더러운 여자로 묘사한다. 이러한 부정적인 언급은 김명순 개인을 넘어 자유연애와 자유 결혼을 여성해방의 방편으로 여겼던 신여성들과 지식인들 전반을 겨냥한 것이었으며, 나아가 김명순을 남편 많은 처녀, 혹은 과부 처녀라고 조롱하기도 하였다.

그는 풍자와 조롱을 잘 하였고, 동료 문인이나 언론인들, 취재 기자들과도 종종 시비를 붙기도 했다고 전한다. 그중 단편소설 「발가락이 닮았다」는 염상섭을 빗댄 작품이라고 하여 설전이 오가기도 했다고 전한다. 당대 문단을 주도했던 이 두 사람의 설전은 무려 15년 동안이나 계속 되었다고 한다.

김동인의 친일행적: 김동인의 친일행적은 일제강점기 말기 중일전쟁 이후부터다. 1939년 2월 조선총독부 학무국 사회교육과를 찾아가 문단사절을 조직해 중국 화북지방에 주둔한 황군을 위문할 것을 제안했다. 그 제안이 받아들여져 3월 위문사(문단사절)를 선출하는 선거에

서 뽑혔으며, 4월 15일부터 5월 13일까지 북지황군 위문 문단사절로 활동하여 중국 전선에 일본군 위문을 다녀와 이를 기록으로 남겼다. 이후 조선총독부의 외곽단체인 조선문인협회에 발기인으로 참여했으며, 1941년 11월 조선문인협회가 주최한 내선작가간담회에 출석하여 발언하였고, 1941년 12월 경성방송국에 출연하여 시국적 작품을 낭독했다. 1943년 4월 조선총독부의 지시하에 조선문인협회, 조선하이쿠협회, 조선센류협회, 국민시가연맹 등 4단체가 통합하여 조선문인보국회로 출범하자, 6월 15일부터 소설희곡부회 상담역을 맡았다. 또한 총독부 기관지 매일신보에 내선일체와 황민화를 선전, 선동하는 글을 많이 남겼다. 1944년 1월 20일에 조선인 학병이 첫 입영하게 되자, 1월 19일부터 1월 28일에 걸쳐 매일신보에 「반도민중의 황민화: 징병제 실시 수감」의 제목으로 학병권유를 연재하기도 하였다. 이밖에도 김동인은 친일소설이나 산문 등을 여러 편 남겼다. 1945년 광복 이후 8월 17일 임화와 김남천이 주도하는 중앙문화건설협의회 발족회에서 이광수 제명을 반대하였으며, 해방 직후 이광수에 대한 단죄 분위기가 나타나자 이광수를 변호하는 몇 안 되는 문인 중 한 사람이기도 했다. 김동인은 말년에 사업에 실패하고 불면증에 시달렸다고 한다. 수면제에 의존해 살다가 수면제에 대한 박사가 되었다고 한다. 이후 중풍으로 쓰러졌다 반신불수가 되어 1951년 1월

생을 마감하였다.

**2002년 발표된 친일문학인 42인 명단과 2008년 민족문제연구소
가 선정한 친일인명사전 수록예정자 명단 문학 부문에 포함되었다.
친일반민족행위진상규명위원회가 발표한 친일반민족행위 704인
명단에도 포함되었다.

**1955년 『사상계』가 김동인의 이름을 딴 동인문학상을 제정하여
1956년 시상을 시작했다. 이후 동인문학상은 1956년부터 1967년
까지는 사상계사, 1979년부터 1985년까지는 동서문화사, 1987년
부터는 조선일보사가 주관하여 매년 시상되고 있다.

지은이: 김동인(金東仁, 1900~1951)   297

큰글한국문학선집: 김동인 작품선집

목숨

© 글로벌콘텐츠, 2016

1판 1쇄 인쇄_2016년 09월 01일
1판 1쇄 발행_2016년 09월 10일

지은이_김동인
엮은이_글로벌콘텐츠 편집부
펴낸이_홍정표

펴낸곳_글로벌콘텐츠
    등   록_제25100-2008-24호
    이메일_edit@gcbook.co.kr

공급처_(주)글로벌콘텐츠출판그룹
    기획·마케팅_노경민   편집_송은주   디자인_김미미   경영지원_이아리
    주소_서울특별시 강동구 천중로 196 정일빌딩 401호
    전화_02-488-3280   팩스_02-488-3281
    홈페이지_www.gcbook.co.kr

값 26,000원
ISBN 979-11-5852-122-6 03810